あざみ野高校女子送球部！

小瀬木麻美

ポプラ文庫ピュアフル

JN184989

あざみ野高校女子送球部！

ありがとうございました。

チームメイトと一緒に整列した凜《りん》は、声を出す気にもなれず、かろうじて、頭だけを下げた。

バカみたいだ。

負けたのに、いったい誰の、何に感謝しろというのか？

それまでがどんなにいい試合でも、誰がどんなふうに頑張っていても、1点差だろうが20点差だろうが、負けは負け。

敗者の側に、ありがたいことなんか、何一つあるわけがない。

あそこであんな簡単なシュート、外すなんてありえない。

あんなパスミス、したくてもできない。

凜は、無表情の内側に、チームメイトに対する、言葉にできない非難を押し込める。

今だけじゃなく、試合の間中、凜はイライラしっぱなしだった。

ふがいないチームメイトに、無能なベンチに。

そして、誰より、ズルズルと気力の萎えていった自分自身に。

二人がかりで徹底的にマークされ続け、それでも自力でなんとか振り切り、何度も得点につなげた。仲間のフォローはほとんどなかった。

凜のストレスは、試合終了の笛とともに、マックスに達していた。

チームメイトは、試合終了後に流したわずかな悔し涙を忘れたように、ロッカールームに戻るなり帰りに食べるスイーツの相談をしている。

誰一人、悔しさの欠片《かけら》も見せない。

それどころか。

「結構頑張ったよね」

「そうだよね」

「去年の優勝校に4点差なんて、大健闘だもんね」

こんな、のんきなセリフも聞こえた。

総得点の半分以上を入れたのは凜だ。それも、ほぼ個人技。

頑張ったのは、私だけ。まあ、私も、最後までは頑張れなかったけどね、と凜は心の中でそう吐き捨てた。

おそらく、その不機嫌さのいくらかは、凜の背中に漏れているだろう。

顔つきはどうにかできても、疲れ切った身体を騙《かた》ることは難しい。

だからなのか、誰も凜には声をかけてこない。

これ幸いと、凜は、黙々と着替えをすませ、汗まみれのユニフォームをバッグにつめこんだ。その代わりのように、持参したペットボトルを取り出し、生温《ぬる》い水を口にする。ゆっくりと口内を潤すように一口。そして、その後、空っぽのすべてを満たすようにゴクゴクと。

「お疲れさま」

そんな中、奇特にも、不機嫌な凜の背中に声をかけてくる人がいた。

「やっぱ、凜ってすごいね。おかげで、最後にいい想い出ができたよ」

しかし、かけられた言葉には苦笑いしか出ない。

いい想い出?

負けたのに?

まあでも、本人がいい想い出だというのなら、それでいいのかもしれない。

これが中学最後の試合になるこの人に、次はない。こんな中途半端なゲームの敗北が、それでも何かの役に立つというのなら、結構なことだ。

後輩にもらった想い出でもいいなんて、笑えるけど。

ただ、凜も、そんな辛辣な言葉を声に出しては返さない。

「ね、凜、頑張ったごほうびに、おごるよ。一緒に行かない?」

それが、主将の山内《やまうち》先輩だったから。

この人だけは、大きなミスをしなかった。

だからといって、たいして役に立ってもいなかったけれど。

「先輩たちだけで行って下さい。私、今日、ちょっと早く帰ってこいって、親に」

凛の実家は、お好み焼き屋だ。祖母と両親が切り盛りしていて、二つ下の妹の奈津《なつ》や凛もよく手伝いに駆り出される。面倒なこともあるが、自営業の家はこんな時、便利だ。こう言っておけば、たいてい、じゃあ仕方ないね、ということになる。

「あ、そうなんだ」

レギュラーで二年は凛だけ。

試合中ならまだしも、終わってから、それも負け試合の後で、先輩たちとつるんで楽しいはずもない。しかも、最後の試合なのに、一度もコートに出られなかった三年生も一緒に行くだろうし。凛さえいなかったら自分が出られたかもしれない、と思っている人も少なからずいるはずだ。

しかし、凛を外したら試合にならない。

それもわかっているから、先輩たちも、凛を試合に出すなとは言わない。

ただ、生意気だ、傲慢だ、可愛くない、とそんな陰口で凛をこき下ろすだけ。

平気だけど。慣れっこだから、と凛はうつむきながら小さく笑う。

かといって、同じ学年の子たちは、遠慮なのか嫉妬なのか、誰一人として、凛と親しくしようとはしない。今も、少し離れた場所で輪になってなにやらひそひそ話にいそしんでいる。

わざと目線を合わせてやると、見事なほどに、全員が視線をそらした。

「やっぱり、親が店とかやってると、手伝い大変だよね」

「まあ、そうですね。でも、仕方ないです」

それらしい顔ができているのか、定かではない。

今日はもう、装う気力もない。

どうでもいい。嫌われても疎んじられても、今とさほど変わらないだろう。それに、どうせもう、この人たちとの時間はあと少しで終わる。

「そんじゃ、おつかれさま。悪いけど、なら先に行くね」

「はい。おつかれさまです」

主将にだけ頭をさげ、凜は、他を無視してロッカーの出入り口に背中を向ける。

「ほんと、可愛げないよね」

扉の向こうで、これみよがしに、誰かの、誰でもいいけど、声が聞こえる。

「まあまあ、そういうこと言わないの」

苦笑交じりの山内先輩の声も。

「だってさ、マジむかつく。自分のおかげだって、いつもそういう顔してるし」

そう思っていない、とは言わないが、それよりも、ただ、自分以外のメンバーももう少し頑張れよ、と思っているだけだ。

「でもまあ凜がいなければここまでこられなかったのは本当だから」

「そりゃあ、そうかもだけど」

「けどさあ。それにもう終わりだよ。明日から、受験、受験。それも嫌になるよね。だから今日は美味しいもの食べに行こう」

「そうだね、行こう行こう。生意気なやつのことはほっといてね」

背中で遠くなる悪口も、これで最後かと思うと少し寂しいぐらいだ。

一人きりになるのを待って、凜はバッグを背中に担ぐと、スクッと立ち、左手でペットボトルをクシャッと潰した。

隅のゴミ箱に向かって、それを投げ入れる。

きれいな弧を描き、ゴミ箱の真ん中に吸い込まれていった。

やっぱり、外れないよね。

できるって、できちゃうって辛いんだな。どうでもいいけどさ。

凜は、ため息をつく。

今さっき補給したはずの水分は、身体のどこにも、欠片も感じられない。そのせいなのか、頭の中に広がるのは、カサカサとした先の見えない砂の海の幻影。

最寄駅から自宅へ戻るバスの中で、その砂にすっぽり埋まりながら、凜はしみじみ考えた。

後一年、先輩が同輩に代わったとしても、この繰り返しは続くだろう。

それに耐えるのは、正直、もう、うんざりだ。

しかも、代替わりになれば、今よりさらに力が劣るチームになる。

能力の差がここまであると、協調性の有無にかかわらず、主将は自分以外には考えられない。それも面倒だ。

いっそ、退部するか。

小学生で始めたミニバスケットの延長で、中学入学と同時になんの迷いもなくバスケットボール部に入ってはみたが、この一年半、楽しいと思えた練習の時間もなければ、勝ち負けにかかわらず充実したゲームも一度もなかった。

中学入学直前に、近距離とはいえ、仲間の多くいた学区から今の場所に家が引っ越しをした影響が大きい。

一緒にミニバスケットを頑張った仲間がいるチームなら、違ったのかもしれない。以前のチームにも凜より能力が秀でたメンバーはいなかったが、みな、意識レベルは揃って高かった。勝つために必要なことがあれば、どんな努力も嫌がらなかった。

それが、こんなどうにもならない、意識の低いチームに入ったばっかりに。

勝っても負けても、どこか空しい。

努力をいくら積み重ねても、次につながる結果が見えてこない。

バスケットボールは団体競技だ。自分一人の努力では、チームのモチベーションの低さはどうしようもない。

今日を限りに、最後の一年は、陸上部に入ろうか。

短距離走がいいかもしれない。校内記録は、陸上部の誰でもなく凜が持っている。

それに、陸上なら、自分の力だけが評価される。

最初にゴールに飛び込めば勝ち。わかりやすくていい。

少なくとも、勝っても負けても、試合が終了した後に、ありがとうございました、なんて揃ってばかげた言葉を口にする必要はないはずだ。

でも、また人間関係をやり直し、っていうのも面倒かもしれない。

それにここの陸上部のレベルじゃあ、どうせいきなり入った凛に、その場所を奪われる誰かができる。

その誰かに、恨まれ憎まれて、陰で悪口言われて。別に気にはしないけど、それが心地いいわけでもない。

もう、なんにも頑張らなければいいのかもしれない。

適当に、何かをやっている振りだけすればいい。

日々の練習では、決まったメニューをそれなりにこなし、試合では、身体が馴染んだままに、頑張っているように見える、その程度に動かしていればいい。

凛は、バスの振動に眠気を誘われながら、自分に言い聞かせるように頭の中でつぶやく。

考えるな。何も。

サッサと負けてすんなり帰ればいい。

勝ちたい、なんて思わなければいいんだ。

結局、凜は、中学三年の夏の初めまで、ずるずるとバスケットボール部で、部活を続けた。

代が替わると、凜が予想していた通り、準決勝どころか、ベスト16に残ることさえ難しいチームになり、それならそれで諦めもつくようになった。

負けることに慣れたチームに、凜は、もうイラつくこともなくなっていた。

内申のためと割り切り、主将も引き受け、適当にそれらしい言動と行動で、なんとか最後までチームのリーダーとして残りの時間をやり過ごした。

勝つことにこだわらなければ、チームメイトに柔らかい仮面を向けることもたやすい。だから、先輩や同輩と違って、後輩たちに凜の評判はとてもいい。みんな、凜を素敵な先輩だと、憧れの目で見てくれた。嘘の自分への評価でも、悪い気はしなかった。

ただ、小学生で始めたばかりの頃は大好きだったバスケットボールを、引退する頃には、大嫌いになっていた。

高校に進んだら、二度と、ボールは持たない。体育館には足を向けない。

中学の卒業式の後行われた部活の三送会で、凜の胸にあったのは、そんなバスケットボールへの決別の想いだけだった。

それなのに。

どうしてよりによって、また団体競技、しかも、日本では、キングオブマイナースポーツと言ってもいい、ハンドボールなんて始めちゃったのか。

それも、キーパーだなんて。

せめてコートプレーヤーなら、今すぐにでも自分のこの手で点をもぎとってこられるのに。いや、凜の今のレベルではもぎとってこられるかどうかはわからない。でも、挑戦はできる。このキーパーという、しばられたポジションでなければ。

今、このゴールに、凜のいる価値はほとんどない。

大きく負け越している平崎台《ひらさきだい》高校相手に、どうあがこうと、付け焼き刃の素人キーパーの出る幕があるはずがない。

それならせめて、コートに出て、自慢の足でコートを駆け抜けたい。凜には、跳躍力もある。それを使って、自らの手で1点でも入れることができたら。

そうしたら、今、この胸にある鈍色のいびつな塊が、少しでも小さくなるかもしれない。

だとしてどうなる？

絶対になくなりはしないものが、ほんの少し削られて、意味があるのか。

それでも、と挑むように前に出た凜を、あざ笑うように、至近距離から放たれたのは、笑えるほどゆったりとしたループシュート。

ボールは、主のいなくなったゴールにポトンと落ち、コロコロとネットまで転がっていった。

これで、2対12。

まだ前半の二〇分。どんなに惨めでも、この公開処刑もどきは、ハーフタイムの一〇分を除いて、あと四〇分も続く。

休憩などいっそない方がいいのに、と凜は思った。

ベンチをチラッと見る。

腕組みをしながら、あざみ野高校女子送球部顧問、成瀬《なるせ》幸助《こうすけ》は、いつものとぼけた雰囲気はいっさい見せず、びっくりするほど真剣な目でコート全体を見つめていた。

自分のしでかしたことへの後悔の念がチラッとでもあるのなら、今すぐ、この場所から凜を解放して欲しい。

凜は、視線に目いっぱい怒りをこめてはみたが、まったく相手にされない。

成瀬先生の視線は、見たには見たが駒の一つとして見ただけ、そんなふうに凜を素通りしていった。

ムカつく。あいつのせいなのに。

あの、とぼけたおやじに、うまく丸め込まれたから。

まったく、教師なんて、信用するもんじゃない。

高校に入ってすぐに行われた新体力テストで、ほとんどの項目で、凜は、満点をはるかに超えた、全国的に見てもトップレベルの数値を叩きだした。

特にハンドボール投げでは、52メートルという、女子の学校記録をつくった。

そのせいで、あいつに目をつけられた。体育科の教師、成瀬幸助。女子ハンドボール部の顧問でもある。

「端野《はしの》さあ、うちに来ないか？」

新体力テストから何度目かの体育の授業終わりに、縦にも横にもごつい身体に横に並ばれたと思ったら、いきなりそれだった。

その時点では、凛には、「うち」がどこかはわからなかった。

「入りません」

けれど迷わず断った。

まず、成瀬先生の顔つきが、その口ぶりが、うさんくさいこと、この上ない。

「なんで？」

意外そうな声に、こっちがなんで？　と聞きたくなる。

「うち、ハンドボール部なんだけど？」

だから？

ハンドボールって団体競技ではないか。それならなおさらだ。

「チームプレーに興味がないんです」

「でも、お前、中学の時バスケット部だったよな」

すでに調査済みか。

ポンコツ軍団に嫌気がさしたんですよ、とは思っていても、仮にも教師に対して、それは凜も口にはしない。くらうかもしれないお説教が面倒だから。

「どうして、チームプレーが苦手なのかな？」

成瀬先生は、からかうような口ぶりで聞く。

「みんなで頑張るとか、力を合わせるとか、よく意味がわかりません。結局、できる人間が頑張って、あげく、できない人たちに足を引っ張られるだけだし」

少しムカついたので、かつて感じていたことを少しだけ正直に答える。

この程度なら、性格の悪いやつ、と思われるぐらいだろう。

実際、性格はよくないと、親にも妹にも、かつてのチームメイトにも、時に名も知らぬ人たちにも、誰にだってそう言われるから、間違いない。少なからず自覚もある。

なるほどね、と成瀬先生は、さっきよりずっとうさんくさい笑いを見せた。

「あれだ？　お前ができる子なのに他がだめな子ばっかりで、試合に勝てない。イライラするぅ、っていうやつだ？」

そのとおり。絶対に頷かないけどね。

「でもな、お前さえ頑張れば、負けないんだよ？　他がどんだけへっぽこでも。ハンドボールはさ」

「は？」

確か、うろ覚えだが、ハンドボールは七人制だったはず。

バスケットボールより数が多い分、できの悪いチームメイトがいれば、もっとイラつきそうだ。

「端野、キーパー、どうよ？」

キーパーって、あのゴールの前で、ただ立ってるだけの、あれ？

そんでもって、結構近くから、バンバン打たれたりすることもあって、あたったら超痛そうでヤバそうな、あれ？

それに、あの距離感じゃあ、防げる確率も低そうだし、めったに活躍できなそう。

マイナースポーツで、最も人気のなさそうなポジションを、どうよって言われても、凛には答える言葉がない。

ああそうか。だから、成り手がなくて困っているのか。

だとして、どうして凛に白羽の矢が立ったのか。

凛は、生贄《いけにえ》になる気はさらさらない。

「だってさあ、お前が、シュート全部止めれば、うちのチーム絶対負けないいんだよ」

はい？

どんな冗談だ。あほらしい。そんなこと、できるわけがない。

「どうよ？」

マジに聞いているのか？

「無理です」

「なんで？」

「中学の体育の授業でしかやったことはありませんが、あれって、どう考えても、キーパーが不利ですよね？　あんな至近距離からガンガン打たれたら」

「それはどうかな？　サッカーに比べれば、ゴールは小さいし、端野みたいにタッパがあって手足が長きゃ、あっちも困っちゃうよね。どこに打てばいいんだか」

　そんなわけない。いくら素人でも、それぐらいはわかる。

「それにその目。いいねえ。そういう負けん気の強いやつが、がっつりゴールを守ってるっていうのは、チームメイトが安心する」

　どこかからかうような口調が一瞬淡々としたものに変わる。それが、よけいにウザい。

　だから、凛は黙り込む。

「じゃあさ、ためしに一回、やってみるっていうのは？」

　答えない凛に、なんとも食えない笑みを浮かべてから、成瀬先生はそう言った。そして、凛から視線を外さず、じっとその答えを待ってる。

「やりません」

　仕方なく、小さな声で、しかし口調はきっぱりと答える。

　やるわけがない。

「じゃあさ」、の意味もわからない。

そう簡単に、生徒だからって、なんでもハイハイ言うと思うなよ。

「端野にとってさ、キーパーってどんなイメージなんだ？」

ハンドボールのキーパーについて考えたのは、ついさっきが初めてだ。

人気のなさそうなつまらないポジション、それだけ。バスケットボールにキーパーはいなかったのだから。

「守ってるだけの人」

だから暇そう。あと、痛そう。

一番無難な答えだけを、凛は口にした。

それを、成瀬先生は嗤った。

「あのなあ、キーパーっていうのはな、守ってちゃあ、だめなんだぞ」

へえ、そうなのか。

本当に？

「守りは、キーパーの仕事の一部に過ぎないんだ」

「他に、何をやるんですか？」

想像もつかない。

あの何メートルだかわからないけど、半円のラインの内側を、そう大きく飛び出すことなく、他に何ができるのか。

「まあ、ザクッといえば全部だな」

全部？

「敵の穴を見つけ、味方の穴を埋め、最初から最後までゴールを守りつつコートを支配する。それが本物のキーパーだ」

だとしたら、超人だ。

チームで一番能力の高い人間を配するべきだ。

だからって、それなら私にぴったりか？　って調子よく凜が頷くと思ったら大間違い。

「どうよ？　挑戦してみるっていうのは？」

もし成瀬先生の言うことが本当だったとしたら、よけいに、そんな面倒なポジションに、挑戦したいわけがない。

「それとも怖いか？　そりゃあ、怖いよな。あんな至近距離からボールが飛んできたら」

なんだろうな。

成瀬先生の声は、結構いい声なんだ。低めの渋い声で。ヒーロー映画の吹き替えで、ボスキャラが似合いそうな。

でも、その言い方が、常にどこか揶揄するようなニュアンスで、どうしたってムカつく。

「でもさ、やってみて、シュートをバンバン止めたら、テンション上がるかもよ？　ビギナーズラック的にさ」

ラックなんてなくても、少しは止められるはずだ。反射神経には自信がある。動体視力は、もの凄くいい。

ただ、すべてを止めるのは無理だ。

誰だって。

「ドーナッツやるからさ、ほら、駅前の、お前が大好きな、あれ。一日体験入部、どう？」

凜が、あの店のドーナッツが好きだと、なぜ知っている？

何やら色んなことが調査済みってことも、キモすぎる。

「どうせ暇だろう？　いいじゃないか、一回ぐらい」

成瀬先生はやはりニタッと笑いながら、そう言う。

マジしつこい。

凜は、逃げ出すことにした。

だけど。

身体を拘束されているわけでも身を寄せられているわけでもないのに、どういうわけか、このうさんくさいおやじをすり抜けて、逃げていく隙が見つからない。

鉄壁のディフェンスかよ。

凜は心の中でつぶやきながら、げんなりする。このままじゃあ、貴重な昼休みが終わってしまう。

すでに購買部へのパン争奪戦競争には参加できず、弁当を持ってきていない凜は、外のコンビニに行くしかないのに。

「一回だけって、意味あるんですか？」

「意味はあるよ。俺としてはさ、ハンドボールの素晴らしさを一人でも多くの人に知ってもらいたいからな」

はっ、はっ、は、と嘘くさい笑いも続く。

「何がどうあれ、入部はしません。それでもいいんですか？」

凜は、いったん折れることを選択した。

出口の見えない押し問答に疲れたし、お腹が空いたから。

「いいよ」

そう言った後で、成瀬先生はなにやら小さな声でつぶやいたが、凜には聞き取れなかった。

「無理やり、入部届とかありえませんからね」

怪しすぎるその態度に念を押す。

「もちろんだ。教師に、二言は、ないんやで」

まったく信用できない顔つきで、なぜか似非《えせ》関西弁で、成瀬先生はそう言って笑った。

結果だけを見れば、その印象通り、成瀬先生はとんだ嘘つきだった。

正確には、成瀬先生が嘘をついたわけじゃないのかもしれない。

黙っていただけだ。色々と罠がしかけてあったことを。十分に準備されてから、凜が、体験入部に連れて来られたということを。

そして凜は、必死であがくこともなく、流されてしまったのだ。

ハンドボールに魅せられたわけじゃない。

たかが一日の練習に参加したからといって、どんな魅力も感じなかった。どちらかといえば、慣れ親しんできたバスケットボールとの違いにとまどっただけで。

凜が流された理由は、ただ一つ。

そこに、村上《むらかみ》智里《ちさと》がいたからだ。

とんでもない潜在能力と、浅いのか深いのか判断できない不思議な言動。成瀬先生は、彼女を不思議ちゃんと時々呼ぶが、まさにそのとおりの存在。

その村上智里を、凜は、もう少し身近で見てみたいと思った。

ハンドボールに対してというより、スポーツに対してまったく初心者で素人の人間が、そのポテンシャルの高さだけで、どこまでどんなふうに変化するのかを見てみたいと思った。

村上智里、その存在こそが、成瀬先生が凜にしかけた一番大きな罠だった。

その日の放課後、ハンドボールコートで初めて出会った村上智里は、別の中学出身の同じ一年の女子だった。成瀬先生が、やはり新体力テストの結果を見て、凜と同じく自らスカウトしてきたらしい。

ハンドボール部員は、今日の体験の二人を除いて、全部で三十一人。そのうち一年は九人。

凛や智里とは違い、その九人は、成瀬先生を慕って、あるいはハンドボールという競技に惹かれて自ら入部してきたらしい。それもあって、合格が決まってからすぐ、春休みの段階でこのチームの練習に参加しているそうだ。

成瀬先生を慕って？　と凛が怪訝な顔をすると、主将の大倉《おおくら》先輩は、至極まじめな顔で凛にこんな説明をしてくれた。

成瀬先生は、三年前、同じ区の別の公立高校から、あざみ野高校に転任してきたらしい。この部には、成瀬先生の転任が決まってから、志望校を変え、あざみ野高校に入学してきた者もいると聞き、凛はさらに驚いた。

もっと驚いたのは、それまでは、成瀬先生が率いていたその高校が何度も神奈川の覇者になっていた、という事実だ。

「じゃあ成瀬先生が来てから、ここの部って強くなったんですか？」

凛の言葉に、大倉先輩は、複雑な笑みを浮かべながらこう答えた。

「三年前に比べればものすごく、ね。でも、まだまだだよ。一昨年は最後の公式戦のベスト8決めで、先生の前の学校のチームにコテンパンにやられてた。でも去年は、ギリで勝ってベスト8に。今年はすでに二勝。先生がいなくなって、向こうは落ちていく途中だからね」

毎年、代替わりで、チームのメンバーは変わっていくはずだ。

そんな中、指導者の力で、チームの力を維持し、より進歩していく、なんてことがあるのだろうか。信じられない。

凜のいた中学のバスケットボール部にも、もちろん顧問はいた。しかし、名ばかりで、バスケットボールの経験はあるというのに、指導らしいことなどされたことはなかった。

凜の母校である中学では、各学年に何人かいる小学校からのミニバスケットボール経験者が核となり、それなりの練習を重ねていく。それで、なんとなくチームが出来上がっていた。

凜が入った時も同じだ。

ただ、凜が今までにない突出した選手だったので、つられるように少しレベルが上がった。

そして、凜のモチベーションが下がった時点で、ゆるやかにチームは崩壊していった。

表面上は何が変わったということもない。

ただ、ずるずると負け癖がついていく。気づけば粘り気のまったくないチームになりはてていた。

もし、そこにちゃんとした指導者がいれば、何かが違ったのだろうか。

スポーツ経験があっても、凜には、チームワークの意味が、正直わからなかった。

知識としてそれはあったが、心や身体で感じることができなかった。

バスケットボールも五人で一つのチームを作ってはいるが、他を圧倒するエースだった凜は、自分の能力だけで点をもぎ取ってくることが多かった。むしろ、足を引っ張られた記憶の方が多く、他の四人は、数合わせだ、と思っていた。

指導者が、どういう役割で、どれほどの影響力を持つ存在なのか。そっちはもっとわからない。

小学生の時、ミニバスケットを教えてくれた大人たちは、とても熱心だった。なんの見返りもない持ち出しばかりのやっかいな役割を、凜の両親も含めて、文句もいわず交代でこなしてくれた。いつだって、一緒に悔しがって一緒に喜んでくれた。

しかし、彼らも指導のプロというわけではなかった。

大人になるまでのどこかでバスケットボールという競技に出合い、たいていは自分の子どもを見守るために、そして他の子どもたちにバスケットボールの楽しさを伝えるために、ボランティアでコーチを引き受けてくれた人たちだった。

彼らは経験を活かし、足りない部分は専門の本を読み、様々なゲームを観て、凜たちに色々なことを教えてくれた。

でも、やっぱり、入れ替わりの激しい素人集団だったはずだ。

その存在に惹かれ　慕って人が集まってくるほどの指導者はいなかった。

そして、大人たちは、自分の子どもが卒業すれば、未練なくチームを去って行った。

本物の指導者、それはいったい、どんな存在なのか。

本当に、このとぼけたうさんくさいオヤジが、本物の指導者と評される存在なのか。

中学からハンドボールをしていたある部員は、成瀬先生の指導を受けられるのなら、結果がどうあれ、自分の高校生活に悔いはないと言った。

そして、成瀬先生のことは知らず、競技に興味があって高校からハンドボールを始めた先輩も、今では、すっかり成瀬先生の信奉者だという。

ようするに、凜と智里だけが、異端者だった。

その上、智里は、かなりのチャレンジャーだ。なにしろ、運動部の経験がないというのだから。

聞けば、中学の時は、美術部だったらしい。

正直、呆れた。

ハンドボールの経験もない。成瀬先生という指導者を尊敬していたわけでもない。それどころか、運動部に所属したこともない。

それなのに、スカウトされたからといって、なぜ、こんなマイナーな競技の練習に参加しているのか。

しかも、智里は、凜と違い、この体験入部の前に、すでに入部を決めていたという。

二人の体験入部となる練習が始まった。

通常通りのメニューに、多少アレンジが加えられた程度の、軽めでもなく、かといって重くもない練習らしい。

ようするに、智里のために手加減されたわけでもなく、鼻っ柱の強い凜のために厳しくされたものでもない、日常の練習だということか。

辛かったりついてこられないようなら、すぐに申告するように、と最初に成瀬先生が言った。

運動部初心者の智里と、しばらく運動から離れている凜への配慮だろう。

確かに、凜もしばらく日々の運動から遠ざかっていたせいで、ランニングからディフェンス用のフットワーク、オフェンス用のフットワークと身体を温めていく間に、多少身体の重さは感じていたし、息もあがった。

前半で気付いたのは、練習内容が想像より特に厳しいということはないが、部員の意識は、驚くほど高いということ。

だから、常に緊張した空気が漂っている。

そういう状況に慣れていない凜には、それが物珍しく、少し居心地が悪かったが、メンタルの部分は、身体への負荷が大きくなるにつれ、気にならなくなった。

身体をほぐし、さらに筋力を強化するメニューが終わると、技術的な練習が始まった。

パス練習、シュート練習と進んでいけば、凜のとまどいはどんどん大きくなった。

まずは、バスケットボールとは重さも大きさも違う球の扱いに。

なんというのか、大きさよりもその軽さに、力の入れ具合が定まらないというのか。

それ以外にも、二歩から三歩へのステップ数の違いなど、ささいな違いではあっても長い間に身についたものを否定する動作は、凜の脳を混乱させ身体のバランスを狂わせた。

そのせいで、パスもシュートも初めは形にもならなかったが、割り切って、シュート練習の半ばで、慣れた二歩のステップで打つことにした。

歩数のとまどいを無視すれば、ステップシュートはそれなりに、ジャンプシュートは、意外なほどうまくこなせた。

とはいえ、それは、凜が球技経験者だったからだ。

スポーツ自体になじみのない智里のグダグダぶりは、やはり目についた。

そのせいなのか、シュート練習では、少し離れた場所で、大倉先輩がつきっきりで指導していた。

後半に行くにつれ、智里は、体力的にも、かなり辛そうだった。

精神的にもどこか幼く、先輩だけでなく一年のメンバーにも甘えるようなそぶりを見せ、何度か休憩をもぎとっていた。

ただ、智里のポテンシャルの高さには目を瞠《みは》った。

智里は、とにかく足が速い。

新体力テストの百メートル走で、凜よりタイムがよかった者が校内に二人いた。

一人は陸上部の短距離のエースだったが、それをも上回ったもう一人は、陸上部じゃないらしいよ、とほどなく噂がまわってきた。

ちなみに、あざみ野高校の陸上部のレベルは高い。ほぼ毎年、長距離がメインだが、インターハイに出場している。

正直驚いた。

中学時代、校内では、誰にも凛の記録は破られたことはなかったから。毎年、その記録を更新したのは凛自身だった。

高校に入ったからといって、陸上部のエースはともかく、それ以外の人間に負けるなんて。

それが村上智里だったのは間違いない、と凛は近くでその走りを体感して確信する。

わずかな距離でも競えばわかる。

陸上部でも十分通用する足を持つ凛が、陸上部で技術を磨いたとしても、あの速さに到達するとは思えない。智里の速さはそんなレベルだった。

智里に圧倒的に足りないのは、経験。そして、たぶん忍耐力というか根性というのか、そういうもの。向上心も不足している。

あきれるほど、自らの身体の使い方がわかっていない。もったいないと思う。能力の半分も出し切れないなんて。おまけに致命的なのは、視野の狭さだ。そのせいで、次の判断が遅れる、というか止まってしまうこともしばしばだ。

そのくせ、他のうまい人を見て真似ることもなく、わからないことを尋ねる様子もない。辛くても歯を食いしばってわずかでも先を目指す姿勢も、まったく見られない。

ポテンシャルだけで、どうこうできるほど、どんな競技も甘くない。

何度かミニゲームを重ね、最後に、お約束通りというのか、仕方なくというのか、成瀬先生の指示で、凜は、この日初めてゴールに入った。

この最後のミニゲームの前に、主将の大倉先輩から、各ポジションの説明があった。

これは、あきらかに、今日初めてここに連れて来られた凜と智里に対してのものだ。

しかし、タイミングとしてはどうなのか、と思った。

最初に説明してもらえれば、バスケットボール経験者で、それなりの勘も働く凜はともかく、智里は、あれほどむやみに無駄に走り回らずに済んだはずだ。

ポジションの意味もわからず、空いた場所から空いた場所へ、ただやみくもに移動し続けていた智里の疲労困憊《ひろうこんぱい》ぶりは、その無謀さを多少皮肉な目で見ていた凜でさえ、同情するのに十分だった。

大倉先輩は、凜に視線を合わせながら説明を始める。

智里のことは、あまり気にしていない。智里はすでに、入部を決めているからなのかもしれない。

「チームは、キーパー一人とコートプレーヤー六人で構成されています」

それは、ミニゲームを繰り返した後では、説明されるまでもない。

同じく、キーパーの役割も説明される必要がない。

自陣のゴールエリア（6メートルライン）内に位置し、相手チーム選手のシュートをゴールさせないよう防ぎ守る。それにつきるはずだ。

だからなのか、大倉先輩は、コートプレーヤーの役割について、グラウンドの地面に置かれたホワイトボードに、専用のペンで簡単な図を描きながら話し始める。

「コートプレーヤーには、センターバック、レフトバック、レフトサイド、ライトバック、ライトサイド、ポストというポジションが振られています」

ポジションの名称とともに、相手側の陣地に○が描かれていく。

まずは、相手ゴールに向かって、中央の一番高い場所に○が描かれる。

「センターバックは、攻撃のための基点作りを担います。攻撃の際、センターに一番近く位置するため、他のコートプレーヤーを見渡すことができるので、チームの司令塔としての役割もあります」

ちなみに、これまでのミニゲームを振り返れば、大倉先輩はいつもこのポジションだった。

ゲームメーカーとしての広い視野と戦術的視点も必要だが、一選手として、体力、技術、身長をバランス良く備えていることも必要だと、謙遜の欠片もなく堂々と大倉先輩は言ってのける。

だからこそ、このポジションに、性格的にも合っているのだろう。

たとえば凜は、謙遜などしたことはないが、だからといって、自分の能力を口にすることもない。だから、センターには不向きなんだろう。

「センターバックの左側に位置取りするポジションがレフトバックです。左バック、左45度とも呼ばれます。司令塔であるセンターバックよりもシュートに専念しやすく、ロングシュートやミドルシュートなど個人技が必要です」

　ゴールへの角度を考えれば、当然、右利きがこのポジションに有利なはずだ。背も高く技術力もある、小学生からのハンドボール経験者だという山野《やまの》先輩が、おそらくレギュラーでそのポジションをしめているのだろう、とこれまでのミニゲームを振り返り、凛は想像する。

「一番得点を狙いやすいポジションでもあるため、チームのエースポジションとも言えます。うちでは、恵《めぐみ》がそのポジションにいます」

　予想通り、山野先輩が小さく右手を挙げる。

「ライトバックは、同じく右バック、右45度とも呼ばれ、レフトバックの右側バージョンのポジションです」

　大倉先輩にうながされ、山野先輩のとなりで、おっとりとした風情で微笑んでいる宮下《みやした》先輩が恥ずかしそうにやはり右手を挙げた。

　ということは、左利きが有利なのだろうが、この人は右利きだ。というか、このチームに左利きはたぶんいない。

　たいていの競技で、左利きは、重宝される。まだ大ざっぱな理解しかできていないが、ハンドボールでも、それはかなりのメリットをチームにもたらすはずだ。

それなのに、なぜ、成瀬先生は、左利きの凛をよりによってキーパーに誘うのか。

凛は、それが一番納得できない。だからといって、コートプレーヤーなら考えてもいい、というわけではないが。

「左右バックは攻撃のための重要なポジションですが、相手のチームの同じく左右バックを止めるためにも重要なポジションと言えます。そして、センターバック、レフトバック、ライトバックの三つのバック陣を、まとめてフローターとも呼びます」

つまり、フローターが攻守の要ということか。

「左サイド、右サイドは、フローターであるバックプレーヤーのサポートや、相手ゴールのサイドからシュートをするポジションです。下田《しもだ》が右を畑中《はたなか》が左を担っています」

二人が手を挙げる。ショートカットの中肉中背の人が下田先輩で、長い髪をひとつにまとめている小柄な人が畑中先輩のようだ。そして、この畑中先輩は、レギュラー陣で唯一の二年生らしい。

小柄なことが有利な点は、あまり見いだせない競技だ。

それでも、この部で一番小柄な畑中先輩が三年生を抑えてレギュラーでいるのは、おそらく、その俊敏性と、凛から見ても底がしれないほどのタフな体力を買われているのだろう。

サイドはコートの左右の端に位置するポジションになる。ということは、攻撃時は相手ゴールのサイドまで走り、守備時は自陣ゴールのサイドまで下がる必要がある。

足が速く、しかも持久力のある選手が有利なのは間違いない。

確かに、智里ほどではなくても、畑中先輩の足は速かった。それに、飛び出すタイミングがいい。適切な判断力で、敵の陣地をまっすぐに、あるいはジグザグと横断していくその姿は、つい最近テレビ番組で見たジャックうさぎのようだ。

それでも、それまでのミニゲームの中で、畑中先輩は、何度か出遅れた智里に振り切られている。

智里は、それほど抜きんでた走力の持ち主だということだ。

まさに、王者、チーターの走り。

誰も、智里には追いつけないし、智里にはつかまってしまう。あんなに無駄な動きが多く、勘の一つも働いていそうにないのに。

次につながる動作への判断が遅いために、せっかくの足も残念な結果になることが多かったが、智里のポテンシャルの高さから判断して、そう長い時間をかけなくても、その辺りは体得していけるのではないか。

左利きと同じく、スポーツ全般において、足の速さも、また武器になることは多い。

持久力や忍耐力は、後から努力で身につけることも可能だが、速さばかりは大部分が持って生まれた才だから。

後は磨くだけだ。その作業が一番単調で辛いということはさておき。

智里は、サイドにいいかもしれない。

左利きが有利な右サイドであっても、智里ならそのスピードで、有利な位置を確保できるかもしれない。畑中先輩もなかなかのスピードの持ち主だから、そうなると、このチームの未来では、両サイドが強みになる。

一瞬だが、凜の脳裏に、コートを野生動物のように駆け抜ける智里に、ピンポイントで自らがボールをパスする映像がよぎった。

ハンドボールのコートは40×20メートル。

凜にとって、その距離はすべてが射程距離だ。そして、100メートルを一二秒台で駆け抜けるという智里なら、絶好のシュートポジションを望める場所へ、二、三秒もあればたどり着くだろう。

縦が28メートルのバスケットボールコートに比べ、40メートルという距離を持つ、ハンドボールコートならではの美しい速攻が決まるかもしれない。

ばからしい。

どうせ、二度とこの競技に関わるつもりはないのだから。

考えるだけ無駄だ、と凜は小さく頭を振る。

「ポストは、相手ゴールへ背を向け、相手のディフェンスライン上で攻撃のためのサポートをしたり、ディフェンス陣に穴を開けて自分でシュートもします」

だとしたら、小さい方が有利なのか？

「ディフェンス陣の密集地帯でポジションとボールをキープし、シュートに持ち込むパワフルさが必要なポジションです」

違う。

だとしたら、やはり大きい方が有利なのだ。

「自陣のディフェンス時には、逆に相手のポストプレーヤーへのカバーが出来るディフェンス力も必要とします」

となると、単純にパワフルで当たり負けのしない大きな選手がいいというわけでもないだろう。小さくても、俊敏で体幹力があればいいのかもしれない。

手を挙げた森田《もりた》先輩は、どちらともいえない平均的な体格だった。

「コートプレーヤーのどのポジションにも役割があり求められるものが違いますが、フォーメーションによっては他のポジションへのカバーに入ることや、状況によって、立ち位置が変わることも頻繁にあります」

それはバスケットボールでも同じだが、ハンドボールの方が、顕著な気もする。臨機応変に全員で守り、全員で攻撃する、それがこの競技の特徴だ。

「そして、ゴールキーパー」

キーパーの説明もあるのか。

しかし、考えれば、このキーパーがいるということが、バスケットボールとハンドボールの一番大きな違いかもしれない。

「キーパーは、チームの要です」

大倉先輩は、また凛を見る。

成瀬先生に何かふきこまれているのか？

凛は、わざと、わずかに目を細める。

「対戦レベルが上がれば上がるほど、キーパーの実力差が勝敗を分けるとも言われています。優れた身体能力と強い精神力が、このポジションには必要です。うちのチームの守護神は、矢部《やべ》です」

矢部先輩は、手を挙げず、大きく頷くことで自らを主張した。

大倉先輩以上に、自信に溢れている態度だ。

「では、最後のミニゲームを始めます」

そう言って大倉先輩が腰を上げると、ずっと黙って見ていた成瀬先生が歩み寄って来て、こう言った。

「レギュラーは全員いつものポジションで。それから、安東《あんどう》、宇多《うだ》、麻木《あさぎ》、板野《いたの》、紺《こん》は黄色のビブスつけて。後、村上と端野も。端野はキーパーで、村上は右サイドね。後はいつもどおり」

大倉先輩が、ポジションの説明をしている間、ハンドボールコートでやはりミニゲーム練習をしていた男子部員が、コートを出る。

審判はそのまま、男子の顧問をしている濱田《はまだ》先生がやるようだ。

ハンドボールでは、コイントスで、コートをとるかボールをとるかを決める、ということはそれまでのミニゲームでなんとなく了解していた。

ボールを選ぶと、前半の始まりのスローオフを得られる。

スローオフというのは、ハンドボールでは、前後半の開始時と得点時に、センターから改めて攻撃がはじまることをそう言う。

スローオフは、レギュラー陣がとった。

つまり、守りから、凜たちは始めるわけだ。

それにしても、と凜は黄色のビブスをつけた自らのチームの背中を見まわす。

凜と智里以外は、二年生だ。三年生は一人もいない。そこに、体験入部でやってきた初心者二人を加えて、レギュラー陣とミニゲーム。

意図がわからない。

生意気な凜の鼻をへし折るための、見せしめのようなものなのか？

だとしたら、巻き添えをくうメンバーが不憫なだけだ。

大差がつけば、凜だって多少はへこむだろうが、どうせ今日かぎりと決めて臨んでいる体験入部だ。それほどのダメージはないはずだ。

あったとしても、ここで見せることはない。どんな攻撃にさらされ、手も足も出なくても、どうってことはない。

そんなことで傷つくような、柔《やわ》な心を、凜は持ち合わせてはいない。

センターラインにいる、今日初めて揃って同じチームに入ったレギュラー陣に、凜は覚悟を決めて視線を送った。

濱田先生が、試合開始のホイッスルを吹いた。

レギュラー陣は、慣れたパスワークで、あっという間にこちらの陣地に迫ってくる。

さきほどの大倉先輩の説明でフローターと呼ばれた三人が、目まぐるしくポジションを変えながら、ボールを操っている。

さすがに得点源のポジションのレギュラー陣だけあって、そのボール扱いは、とてもこなれている。フットワークも滑らかで迷いがない。

コートの外では、おっとりとした風情の宮下先輩も、コートの中では別人のように、機敏だ。

しかし、ここで初めて気づく。一番の曲者《くせもの》は、ポストの森田先輩だということに。

そう大柄でもないが、この人は、とてもパワフルかつ柔軟だ。こちらの守りを、バランスの良さと当たり負けのしないパワーで巧みに崩していく。

失点の1点目は、大倉先輩からこの森田先輩へのバウンドパスを、ディフェンスの足元ギリギリに通されたせいだ。森田先輩は、そのまま身体を倒しながら、至近距離から凜の股の間を抜いて、ゴールにボールを突き刺した。

至近距離から股の間を抜かれるシュートは、素人の凜でなくても防ぐのはほぼ無理だろうが、それにもかかわらず、かなり自尊心を抉られる。

しかし、気にしている暇はない。

凜は、ゴールに転がったボールを拾い、黄色いビブスの味方の誰かにボールを手渡す。申し訳ないが、味方チームのメンバーの名前と顔は、智里以外誰も一致していない。

センターラインからスローオフでこちらの攻撃が始まる。すぐに、黄色のビブスが相手コートで動き回る。

レギュラー陣は、的確に自分のマークを入れ替え、隙をなかなか作ってくれない。

技術も劣れば高さもさほどないこちらのチームは、見るからに攻めあぐねている。

しかし、凜の位置からは、レギュラー陣の穴が見えなくもない。サイドの守りがやや甘い。特に右サイド。

素人の智里をなめているからなのか。もともとそれがこのチームの弱点なのかは、今日初めて練習に参加しただけの凜にはわからない。

ゴールエリアから見ると、自らがコートを動き回っていた時よりずっと、敵方だけでなく味方の、攻守の穴はよく見える。

攻撃が停滞しているせいか、凜の視線は、自然と智里にいく。

智里は、その役割の説明を受けたせいなのか、かえって、サイドからどこへ動けばいいのかわからず、ほぼ同じ位置で、まるで傍観者のように、ボールを目で追っている。

だから、よけいに油断していたのかもしれない。

智里をマークしていた下田先輩は、右バックのシュート動作につられ、何度か右サイドにちょっとした隙をつくっている。

何度目かに、ようやく、智里が、そこへ、今気づいたように駆け込んだ。

その智里に、思いがけずセンターからのパスが通った。

これで、シュートに持ち込めば、間違いなく1点だ。

行け、と凜は心で叫ぶ。

しかし、経験も技術もない智里は、絶好のタイミングでボールを手にしたこと自体に動揺したのか、次の動作が出てこない。

結果、智里は、すぐに両側から抑え込まれシュートはさせてもらえなかった。

ホイッスルが鳴り、フリースローで、再び黄色ビブスの攻撃が始まる。

バスケットボール経験者の凜は、このハンドボールのファウルに対する緩さにもひどく違和感を覚える。

凜が今日の短い体験で学んだことは、この競技は、ファウルありきの競技であり、ディフェンスは、かなり激しいファウルで攻撃をとめることが当たりまえだということだ。

よほど危険なファウルでなければ警告も受けない。

ただ、フリースローの権利が相手側に渡るだけだ。

このフリースローが攻撃側に有利ならまだ納得できるのだが、一概にそうともいえない。むしろ、守備側に有利なことも多い。

球は相手側に渡るが、敵をゴールから遠ざけることが可能だからだ。

たとえば、智里がやられたように、6メートルのゴールラインギリギリに攻め込んできた敵をファウルで止めた場合、攻撃側のフリースローは、その場所から近い9メートルラインまで後退しなければならない。

ばかな、と凜は思う。

他の多くの競技では、ファウルをすれば、相手に点を献上する機会を与えることになる。そして、時に、自らは退場、チームは少ない人数でその後を戦わなければならない危険性が大きい。

それをこの競技は、ファウルで、相手を後退させ攻撃の流れを切る。

しかも、警告を受けるようなファウルを二度重ねて退場になっても、二分でコートに戻ってくるという。

ファウルの緩さだけじゃない。

まるで格闘技のようだと、両サイドから抑え込まれた智里をみて、凜は嗤う。

ハンドボールは、確か漢字では送球と書くらしいが、格闘技系球技と書けばいいのに、と思ったりもする。

しかも、本来、室内競技であるはずだが、練習はいつも外らしい。

40×20メートルのコートを確保できる体育館など私立高校にだってそうそうない。あざみ野高校でも、練習は、グラウンド横の専用コートだ。専用コートがあるだけましとも言える。

ハンドボールでは、シュートの後、滑りこむことや転がることも多い。となれば、ウエアは泥だらけ、あざや怪我が絶えないのは間違いない。

もし、こんな競技にのめりこめば、母親は、汗と泥にまみれたウエアに冷たい視線を浴びせるだろう。

自分で洗濯機に放り込んでスイッチを押せばいいだけだ。自動で洗い上がったものを干せばいい。しかし、それさえする気力もなくなる。本気で部活に打ち込めば。

精根尽き果て、家では食べて寝るのが精一杯、そんなことも多い。いや、多かった。

夢中だった頃を思い出す。

バスケットボールが楽しくて、少しでもうまくなりたくて、バスケットボールのことばかり考えていた頃。

懐かしい。好きだったから、どんなに辛くても頑張れた。もう二度とあんなキラキラした時間は自分にはないのだと思うと、バスケットボールをやめて初めて、凜は少し切なくなった。


味方チームは、やはり攻めあぐねているようだ。

レギュラー陣と違い、速さも高さも劣るのだから、相手にあれほど堅く守られたら、攻撃は形をなさず、ただのボール回しにしかならない。

それでも、ずっとボールを回しているわけにもいかないはず。

バスケットボールのように明確に何秒と決められているわけではないが、審判の裁量で、遅延行為はパッシブプレーとしてファウルになるはずだ。

この場に来るまでに、凜もその程度の知識はスマホで仕入れてきた。

もちろん、ポジションについても、大倉先輩に説明されずとも、アバウトな役割は頭に入れていた。

短い時間だとしても、準備できることはやる。

たとえ、今日だけの嫌々ながらの体験でも、その時間には精一杯を捧げる。ごまかしや怠惰を入れることはできない。

これは、皮肉なことに、ごまかしで過ごした中学最後の一年で、バスケットボールを嫌いになったことで凜が学んだことだ。

そこに、拭いきれない後悔があった。


焦れたのか、強引に左バックからロングシュートが放たれた。

威力もさほどない球は、キーパーの正面でやすやすとつかまれる。そして、それはすぐに、反撃の速攻のボールに成り代わる。

左サイドを飛び出した畑中先輩が、スピードにのって、こちらの陣地にやってくる。

畑中先輩にボールが通れば、一対一。おそらく、また1点を献上することになる。

覚悟を決めて、凜は両手を広げ前に出る。

度胸の他に、現状、技術のない凜が示せるものはない。

ところが、フリーの畑中先輩にボールは通らなかった。

智里が、あっという間に畑中先輩に追いつき、とび上がり、畑中先輩に向かって飛んで来たそのボールを直前でカットしたからだ。

一瞬、すべてを忘れて見惚れるほど、鮮やかで、素晴らしいプレーだった。

しかし、そこまでだった。

初心者の智里には、その次の動作が起こせない。

困ったような顔で、智里は凜を見る。そしてあろうことか、智里は、凜にボールをパスしようとした。

短時間で頭に入れたばかりのルール集を、凜は再度思い浮かべる。

確か、これもファウルだったはず。

中学時代の、体育の授業でのおぼろげな記憶もそれを後押しする。

凜は、緊急措置としてゴールを飛び出し、6メートルラインを越えた。

そうすれば、凜は、コートプレーヤーと認識されるはず。足を使うことはできなくなるが、とりあえずそんな必要がないほど、ボールを遠くに送りこめばいい。

一度手放そうとしたボールを、凜のきつい視線で抱え込んでいた智里から、凜は奪い取るように球を受け取る。

そして、できるだけ遠くへ、なおかつ、見える範囲で絶好の場所の黄色のビブスに一気にボールを送りこんだ。

智里の速さに圧倒され、自陣に戻りそびれていた黄色のビブスが、少しとまどいながらも、そのボールをしっかり受け止めた。

そして、智里とは違い、それなりの判断力で、ドリブルで位置取りをすると、コートの右下にきれいなシュートを決めてくれた。

初心者に翻弄されたとも言えるが、それでも凜の側から見れば、とても美しい1点だった。

ただ、そこからが最悪だった。

その1点に刺激されたレギュラー陣が、凜が守るゴールを、目の色を変えて繰り返し襲ってきたからだ。

わずか一〇分のミニゲームで、2対10。

凜は、動体視力はかなりいい。反射神経も悪くない。それでも、勢いにのってフリーで打ち込まれれば、その球を止めることはほぼ不可能だ。

もちろん、味方のディフェンスの何かしらの援助があった時は、それでも、何本かは止めることもできた。

素人キーパーにしては健闘したほうだろう。

唯一、気分がよかったのは、2点目は凜が止めたシュートからの速攻だったことか。

飛び出したのは、やはり智里だ。

誰も、彼女のスピードには追いつけない。

凛はそこに、かなりスピードにのったパスを送った。正直、コントロールより勢いを優先した。

ゴールは期待していなかった。受け止めることができるかも半信半疑だったのだから。

凛の予想に反して、智里は、パス自体は、危なげなくその両手に抑えた。

けれど、なんとか放ったステップシュートもどきは、かなりのできそこないだった。

それをシュートと呼んでいいものかどうか、そういう代物だった。

速攻にも慌てず、威圧感たっぷりに前に出てきた矢部先輩の壁に怯えたのか、智里は、悲鳴のような声をあげながらやみくもにボールを手放した。

少なくとも、誰より後方からではあったが、ずっと智里から目を離さなかった凛にはそう見えた。

矢部先輩には気の毒としかいえないが、こういうことは時々ある。

相手が下手すぎて、上手の予想の範囲を超えるというのか。

智里の手放しただけのその球は、矢部先輩の上げた右足の下を、からかうようなスピードでコロコロと転がっていった。矢部先輩はすぐに反応したが、ギリギリで抑えこむことができなかった。

そこでゲームセット。

一矢を報いたのかどうか。微妙な終幕だった。

「さてさて、体験入部はどうだったかな？」

成瀬先生が、にやにやした顔で、凜と智里に歩み寄ってくる。

他の人たちは、逆に、サッとグラウンドを後にする。

「すごく楽しかったです。課題が山積みで、その分やりがいもあって」

智里は嬉々としてそう答える。

確かに、課題は山積みだ。このチームにも智里にも。

智里の課題はこの際いいだろう。彼女がここに入部を決めている以上、このポテンシャルをもってすれば、努力と経験を積むことで、いずれその山は、速やかに低くなっていくだろうから。

ただ、このチームの問題は、そう簡単じゃない。

一番は、レギュラー陣と、それ以外の実力差が大きすぎることだ。

県のハンドボール協会のホームページで大会結果をサクッと見たにすぎないが、冬の大会結果などを見ると、あざみ野高校女子送球部は、県のベスト8にはなんとか喰いこめるが、上位三校との実力差が大きく、くじ運次第で準決勝に進めても、そこを勝ち抜くことは難しい、そんなところか。

夏が終われば、ベスト8には進めるチームの力は、ここから何段階もガクッと落ちることになる。

他のチームのことはわからない。

三年生が主体なら、やはり戦力ダウンはあるだろうが、その程度はわからない。

はっきりしているのは、ここのチームがかなりヤバいということだけ。

二年生でただ一人、現在レギュラーに喰いこんでいる畑中先輩が新チームを率いていくことになるのだろうが、一人では、どうしようもない。

そのことを、凜は誰より知っている。

凜がかつてのチームで味わった、あの諦観を彼女も味わうことになるのだろうか。

それとも、凄腕と言われている指導者の力で、今より前に進めるのか。

どちらにしても、凜には関係のないことだ。

「で、端野は？」

「特に、何も。キーパーには不向きだと実感した、とでも言えばいいですか？」

成瀬先生はにやりと笑う。

「いやいや、お前、想像以上だったよ。あの最後のゲームなあ。お前じゃなきゃ、1対18だったぞ」

嬉しいとは思わない。凜の実感と、ほぼ同じだから。

レギュラー陣とそれ以外の差は、そんなものだ。

彼女たちを脅かす存在がない、それがこのチームの弱点だ。

成瀬先生は、だからこそ、慕って集まってくる選手だけではなく、智里と凛をスカウトしたのだろう。二人を、質のガクッと落ちるチームのカンフル剤にしたいのかもしれない。

「お前の動体視力はすごいな。正直、コートの中にいた誰より球がよく見えていた。それに、かけひきも上手い。わざと隙をつくって、そこへ球を誘導するなんぞ、初めてゴールに入った人間にはなかなかできないもんだ」

「どうも」

とはいえ、団体競技の球技経験者なら、身体になじんでいることでもある。隙をわざと作り、誘い込むようなしぐさは。

チームでするべきそれを、一人でやっただけだ。

まるで、中学時代のように。

「とにかく、村上は、一つずつ、課題をクリアせんとな。基礎体力も、最低でも、今の三倍はつけんと話にならん」

確かに、智里は、誰より速く走ってはいたが、休憩も多く、そのくせ最後には痙攣も起こしていた。この程度の練習で支障をきたしていては、前後半で六〇分の試合を乗り切ることはできない。

そして、速さだけでもだめだ。速さのために必要な緩さも覚えなくては。

単調な攻撃は、すぐに見切られる。速さは、緩さがあってこそ、相手を惑わすことができ、インパクトをもたらす。

「端野は、基礎があるからな。後はハンドボール特有の技術的なもんだな。なんだか、結構細かいルールも、わかってるようだったしなあ」

おそらく、智里からのパスを、凜がゴールを飛び出して受けたことを言っているのだろう。

「私は、今日だけです。そういう約束でしたよね？」

それなりに楽しめた。やっぱり、身体をいじめるほどに動かすことは悪くない、とも思う。でも、この競技を、いや、どんな競技も続ける気はない。

「そう、だったっけ？」

厚顔とはこういうことを言うのか？　凜は眉根を寄せる。

「まあ、今日だけでも俺はいいんだけどな。約束だからねえ。ただなあ、村上がどう思うかな」

智里の意見など凜には関係ない。

「なあ、村上、今日一番のお前の喜びはなんだった？」

「それはもう、最後の最後に、端野さんのパスを受けた瞬間です」

「そやな、あれやな、そりゃあそうや」

成瀬先生がにんまり笑う。

「でもな、あれ、もうないんやって。こいつ、うちには入んないらしいで」

奇妙な似非関西弁は、この人がどうにか人を丸め込むための手段として使われるのか？

気持ち悪いと感じるだけの凜には、意味がないが。

「困ります。あのパス、凄かったですよね。あんな遠くまで、正確にボールを送ってくるなんて」

智里が、少しうっとうしいほどの熱い視線で凜を見る。

「けど、あれは、お前も凄かったぞ。村上は、よくあれをとったな」

確かに。ここのレギュラー陣でも、半分は取りこぼしていただろう。思いやりの欠片もない、スピード重視の球だった。

「手だけでなくて身体じゅうにガツンときました。でも、びっくりするほど身体のど真ん中だったから」

それは、智里が、そこに身体を移動したからだ。

さすがに、凜にも、あの距離をあのスピードでピンポイントに狙うことはできない。なんとかとれるだろう場所へ送り込むのが精一杯だった。

どうやら、智里本人に自らのポテンシャルの高さの自覚はないらしい。

天然の天才か。

よけいにやっかいかもしれない。自分の能力を自覚して初めて、人はそれを有効に使い、さらに努力を友に上を目指すことができる。

智里は、何もかもがこれからだ。

不思議なのは、これほどの能力を秘めながら、なぜ、今までどんなスポーツの経験もないのか、ということ。

もしかして、身体のどこかが悪いとか？

だとしたら、入部自体が問題になる。

「まあ、あのコロコロシュートはご愛嬌だったけどな」

「矢部先輩が、グワッて前に出てきたから、巨人に見えて。もう、怖くて。リヴァイ様、助けてって、心の中で叫んでました」

成瀬先生が、今日初めて、眉間に深い皺を寄せた。そして、ちょっと困った顔で凛に尋ねる。

「リヴァイ様って、誰や？」

「人類最強の兵士ですけど」

成瀬先生は、その凛の説明でもまったくなんのことやら理解できないらしく、首を何度か横に大きく振った。

高校教師たる者、アニメであろうと、流行ものの上っ面ぐらいは把握しておくべきだろう、と凛は思い、それ以上のフォローはしなかった。

「端野さん、どうして、入部はだめなんですか？　他に何もやってないんですよね」

そんな、純粋な、小動物のような目でこちらを見つめられても。

「私、端野さんのために頑張ります。端野さんのパスを、いつでもどんな場所でもしっかり受け止められることを、まず目指します。だから、端野さんがいないと困ります」

グルなのか？

もしかして、成瀬先生になにか耳打ちされている？

そういえば、主将の大倉先輩も、いや、部全体がなにやらそんな雰囲気だった。

「もう、団体競技は嫌なの。チームとか面倒で」

だからといって、一人でコツコツ頑張るのも性に合わない。

高校の三年間は、穏やかに地味に過ごそうと思う。そして、少しは勉強も頑張ろう。

この学校のレベルなら、少し頑張っておけば、校内の指定校推薦がとれるはず。そう思って、受験ランクをわざわざ下げたのだから。

「どうしてですか？　一緒に頑張るって、なんか気持ちいいじゃないですか？」

それは、智里が知らないから。

持って生まれた能力の差に対する、他人の嫉妬や苛立ちを。

困ったことに、自分が上でも下でも、それは常にまとわりついてくる。

それに、『努力』という行為のむなしさといったら。

努力すれば報われる、なんてことは夢物語。たいていの努力は、泡と消える。ただ、努力せずとも報われることは、決してない。これだけがスポーツにおける真実。

やればできる、頑張ることに意味があるんじゃない。

やること、頑張ることは当たりまえで最低条件なのだ。

それを勘違いすれば、上達は望めないし気力も失せる。わかっていても、何度も失せるものなのだ、これが。

そして、力尽きて燃え尽きて。

自分もまたその一人だと、凜は笑う。

「一緒に頑張って、結果が出なかったら、誰のせい？　自分なの、チームの誰かなの？　それとも、全体責任？　もうそういうの、面倒なのよ、私」

そういう場合、秀でた力のある凜のせいになることも多かった。エースがダメだったから、と言葉にはされないが、雰囲気がそうなる。

「一緒に頑張ってダメだったら、責任は、それは成瀬先生がとります」

「おいおい」

成瀬先生が慌てている。

仲間割れか？

「だって、成瀬先生は私を今日の体験に誘って下さる時、こうおっしゃいました。『うちのハンドボール部に足りないのは、より強い場所で競りながら勝っていく経験と、お前の足と端野凜の色々だ』って」

色々って。

なんだそれ？

「私は足だけなのか。それってどうなのかなとも思いました」

だろうね。当然だ。

「でも足だけでも求めてもらえるのなら、嬉しいかもとも思いました。だって、今まで私は誰にも何も求められたことがないから」

本当に？

いや、正直、智里の身体能力はかなりのものだ。もし、中学時代、運動部に所属していたのなら、どんなスポーツでも、エースとして君臨できたはず。

「なんで、美術部だったの？　身体が弱いとか？」

凜の、今日一番の疑問だ。

智里は、屈託のない笑みを浮かべながら頭を振る。

「私、太ってたんです。デブって言われても反論できない程度には」

そういえば、今でも智里は、少しふっくらしている。しかし、太っているという感じはしない。

この程度なら、可愛らしい、という範疇だろうと凜は思う。

「端野さんのようにスタイルもよく、顔も並以上の人には理解できないでしょうが、デブって色々辛いんです」

「お前、いじめられっ子だったのか？」

成瀬先生が、不思議そうに訊く。

「はい」

「そうは見えないぞ？」

デブというイメージ以上に、智里に、いじめられていたという陰は、凜にだって見つけられない。

「本当です。かなりのものでした。私、今よりずっと太ってる時も、運動は結構得意だったんですが、デブはどんくさいに決まってる、って決めつけられて、そういう偏見の目で見られて、どこの部も、見学に行っただけで邪険にされたんです」

凜には返す言葉がなく、成瀬先生もうーんとただ唸っているだけだ。

「美術部にしたのは、私を邪険な目で見る人が少なかったからと、アニメが大好きでよく自分でも好きなキャラを描いていたからです」

「そこでは、いじめられんかったんやな？」

「まあ、そうです」

そう言いながらも、智里の表情はすっきりしない。

少しは、あったのかもしれない。他よりはまし、という程度で。

「で、美術部で、なんで痩せたの？　努力してダイエットしたの？　高校デビューのために」

たとえば吹奏楽部なら、まだわかる。中学時代そこそこ仲がよかったクラスメイトがトランペットを吹いていて、よく一緒にランニングをした。楽器は重いし肺活量も必要だから、それに耐えられる基礎体力が一番大事なんだ、と彼女はいつも言っていた。

「高校デビューってなんやねん？」

面倒な。そんな言葉ぐらいは頭にいれておけよ、と凜は思う。

「中学時代、地味でイケてなかった人が、環境が変わる高校進学を機に、イメージを大きく変えることですね」

ほう、なるほど、と成瀬先生は感心したような目を凜に向ける。

あまりにわざとらしいので、これはわざと知らないふりをしているのではと思う。

凜の、我慢の限界を試しているのか。

「中三の春に父の経営していた会社が倒産して。経済的に苦しくなって」

智里は、淡々と、思いもよらぬ告白を続ける。

「そうなると、一番影響を受けるのが食生活なんです。なんとか毎日食べることはできましたが、食卓は極端に貧弱になって。おかわりなんて絶対無理で。大好きな甘いものも、クリスマスとお誕生日にだけって」

何度も何度も、空の御茶碗をながめてはため息をこぼしたと、智里はなげく。

「大変だったなあ」

成瀬先生も、他に言葉が見つからないのか、相槌に近いものでやり過ごす。

「そうなんです。ミンチのカレーを何日も食べ続けたり。もやし炒めだけがオカズってこともありました。もやしってすごいですよね。十五円ぐらいで買えるのに、結構栄養はあるんですよ。あと豆苗もいいですよ。栄養はあるし、何度かくりかえし生えてくるし」

「そうか。豆苗は食ったことがないが、今度一回食べてみるか」

そして、いつのまにか、成瀬先生は、すっかり智里の不思議ちゃんペースに巻き込まれている。

「でも、もやしも豆苗も栄養はあってもそうカロリーは高くないから、半年後には、元から痩せていた父以外の、母も私も姉もこんな感じに」

何もかもが、凜の想像のはるか上をいく答えだった。

「村上は、波瀾万丈だったんだな」

智里は、一度頷いてから、それでもにっこり笑う。

「でも、今は経済的にはなんとか持ち直しました。離婚歴のある一回りも年上の父との結婚を反対されて母が家を飛び出したせいで、それまで私と姉は会ったこともなかった母方の祖父が亡くなって、遺産が少し入ったので」

よかったな、とは絶対に言えない。やはり返す言葉が見つからない。

もはや成瀬先生も無言だ。困った顔で、凜と同じように黙っている。

「いくら会ったことがなくても、血は繋がってるわけだから、心境としては複雑だったんですけどね。だからなのか、三食きちんと食べられるようになったのに、食欲は元には戻らなくて」

凜は、こめかみを押さえる。そうしないと、眩暈がおきそうだから。

村上智里は、凜が未だかつて出会ったことのない、とびっきりの変人、不思議ちゃんだ。

「とにかく、結果としてもうデブとは呼ばれない程度には痩せたので、今度こそ、運動部にと思っていて。だから、新体力テストも頑張ったんです。結果がよければ自信もつくし、自分に向いているスポーツもわかるかなって」

なるほど。

「そうしたら、成瀬先生がスカウトに来て下さって。私、嬉しかったんです。自分が望まれて。本当に」

ようやく、寄り道だらけの智里の話は、元に戻ってきた。

「そうか。村上、お前はほんまにええ子や。ちょっとばかり変わっとるがな」

ちょっとではない。かなり、とびきり変わっている。

「ありがとうございます」

若干ディスられているのに、智里は嬉しそうに礼を言う。

「だから、端野さんも、一緒にここで頑張りましょうよ。だって、端野さんは、足だけじゃなくて、色々な能力が望まれてここにいるんですよ」

「いや」

色々って言われても。

「ドーナッツもおごるって言ったのになあ。端野は、つれないよなあ？」

「ドーナッツは今日の体験に参加したらって」

そういえば、ドーナッツはどうなったのか。

まあ、いいけど。

「今な、大倉たちが買いに行ってるから。俺のポケットマネーで」

成瀬先生が、自慢げに胸を叩く。そこにポケットはないが。

「駅前のサニードーナッツですか？　私も大好きです」

「そうか。もうちょっと待ってろ。たんまり仕入れて戻ってくるから」

「やった」

智里は、とび上がって喜んでいる。

「そんなに好きなんだったら、村上は、俺の分も食べていいぞ。その代わり、端野をくどいてくれよ。どうしたって、俺はこのチームに端野が欲しいし、村上を生かすも殺すも端野次第なんだから」

智里は、大きく頷く。凜はため息をつく。

この不毛な闘いは、まだ続くらしい。

「端野さん、チームのために頑張るのが嫌なら、私のために頑張るっていうのはどうですか？」

「もっと嫌かも」

「ど、どうしてですか？」

「あなたのことはよく知らないし、正直、ちょっと変わってるよね？」

少し、言い過ぎたかと、凜は、智里の顔を見る。動揺は見られない。

成瀬・村上共同戦線に負けたくはない。かといって、いじめられっ子だったと告白したばかりの智里を傷つけたいわけでもない。

ようするに、さじ加減を間違いたくないわけで。

「ああ、でも、端野さんも変わってますよね」

どうやら、言い返す強さはあるらしい。ホッとする。

凜は、確かに、愛想はよくないし社交的でもない。自らの秀でた部分を謙遜したこともない。そのせいで疎んじられ避けられたこともよくある。

しかし、変わり者だという自覚はない。

「だったら？」

「変わり者同士、仲良くしましょうよ」

おことわりだ。

「私、自分の何かを求められたのも、こんなにやってみたいと思ったことも、初めてなんです。だから、犠牲になって下さい。私のために」

は？　凜は、本気で首を捻る。

「端野さんは、疎まれたこともないことはないでしょうが、尊敬されたり憧れられたりはしてきたんですよね？　まあまあきれいだし、運動できるし。頭は？　うちの高校だから偏差値的には可もなく不可もなくなんだろうけど、地頭は良さそう」

ちょいちょい褒めている体でディスるのは、わざとか？

「だとして、それが何？」

まあ、スルーするのが一番だろう。

「美人でも頭良くても、ふつうじゃないだけで、いじめの対象になることはあるんです。でも、端野さん、いじめられたことなんかないですよね？」

「無視されたり陰口たたかれたりしたことはあるよ。気にしたことはないけどね」

凛にとっては、それがもう日常だった。

部活に入っていない今では、少しましにはなったが、今でもクラスで、なくはない。

連絡先を交換しないことや昼を一緒に食べないことが、群れないはみ出し者とみなされ、軋轢《あつれき》を生んでいるらしい。

「そういうのは、いじめられてないんです。端野さんが、これっぽっちも傷ついてないんだから」

そう言われればそうかもしれない。

「きっと妬んだ方が何倍も傷ついてます」

それね。

陰で悪口言ってた方が、なんか傷ついた顔しちゃってさ、こっちが困ったことも何度かある。

「端野さんは、無意識のいじめっ子ですね」

けれど、それは凛の責任ではないはず。

「だったら何？　関係ないよね。今」

「関係あります。いじめに耐えて羽ばたこうとしている私の役に立てば、人を傷つけても全く平気だった、今までの端野さんの禊になります。長い人生のたった二年半、私のために、成瀬先生の定年前祝いもかねて、捧げたっていいんじゃないですか？」

いいわけがない。もはや、智里の言葉には頷ける部分が一つもない。

凜は、だから、きっぱり頭を振る。

智里は、やれやれという感じで、肩をすくめる。

同じ動作を、智里に返してやりたい、と怒りがフツフツと湧いてくるのを、なけなしの理性で抑える。こういう場合、感情が激した方が負けだと、凜もわかってはいる。

「仕方ありませんね。それなら、勝負しましょう」

「勝負？」

「種目は、私の得意な走りで」

「勝ち目のない勝負、私が受けるとでも？」

「たまには、負ければいいんですよ」

またまた、さらになおかつ不毛だ。

日が長くなってきたとはいえ、周囲はかなり薄暗くなってきている。

グラウンドには、後片付けをしている野球部の、おそらく新入りたちが残っているだけ。

凜も、そろそろ帰りたい。のどもカラカラ。お腹も空いた。

ドーナッツは諦めてもいいぐらいだ。いやむしろ、こうなると、ドーナッツよりもっとお腹にずっしりくるものが食べたいような気もする。

しかし、智里はしつこい上に、かなり変だ。

ここはもう、この勝負を受けた方がいいのかもしれない。

ただ、このままあっさりとは受けられない。だって、勝ち目がないのだから。

「いいよ、なら勝負で決めよう。ただし、二百メートル走で」

智里は、速い。しかし、持久力も必要な二百メートル走ならどうだろう？

運動経験もない、体力もない、練習で疲れ切っている今の智里では、いい戦いに持ち込めるのでは？

凜は、練習中に体感した智里と自分の速さの差を、冷静に分析し、そう提案した。

さて、どうする？

あくまでも百にこだわるようなら、勝負は受けない。

「わかりました。じゃあ、二百で」

意外にも、あっさり、智里は頷いた。

勝算があるということか？　四百、あるいは八百メートル走にしておくべきか？

しかし、それだと、凜のリスクもはね上がる。凜にしても、中距離が得意なわけじゃない。というか、四百や八百は走った経験もない。

いっそ、五キロ走とかなら、ある程度めどはつくが、そうなると久しぶりの運動の後では体力に問題があるのと、智里に不利すぎる。そこまで卑怯にはなれない。いや、この際卑怯者になったほうがいいのか。

「向こうの陸上部のトラック借りましょう。成瀬先生は、スターターお願いしますね」

智里がニコッと笑うと、成瀬先生は、笑いをかみ殺すように頷いた。

嵌められたんだ、とその瞬間わかったけれど、もはや後の祭りだった。


あとほんの少しが詰められず、凜は、智里に逃げ切られた。

後で知ったのは、成瀬先生の指示で、智里はその日まで陸上部で二百メートルの練習を重ねていたということ。

成瀬先生が智里をスカウトしたのは、新体力テストの直後だったらしい。凜とは、二週間ほどタイムラグがある。

智里には、その場で、凜についても話したそうだ。

智里のポテンシャルを大きく引きだすには、運動能力が高く、しかも自らの才能を自覚し開花させる方法も知っている凜の力が必要だ。二人揃えば、戦力は、二倍どころか三倍にも四倍にもなる、と智里を唆《そそのか》したらしい。

中学時代はバスケットボール部で活躍していた。三年では主将も務めていた。それなのに、高校に入学してから一か月以上、どんな部活動にも顔出しさえしていない。

理由はわからないが、なにかトラウマがあり、部活をやる気がないということだろう。

しかし、なんとしてでも、体験入部には引っ張ってくる。

そうしたら、村上、お前が端野をくどけ。端野が、誰より必要なのは、お前だから。

口では無理だろう。

だから、足でくどけ。お前の、その速さとポテンシャルで、端野をものにしろ。

成瀬先生は、智里にそう言ったらしい。

そして、端野を連れてくる日までは、陸上部で二百メートル走の訓練をしていろと。

だから、智里は、陸上部員の手ほどきを受けながらこの二週間、毎日、走りこんでいたらしい。何かの折には、助っ人で陸上部員として参加することを引き換えに。

おまけに、智里の練習中のグダグダぶりは、半分本当で半分は演技だったと聞いてあきれた。

まんまとやられたわけだ。

たった一人を連れてくるのに、そこまでやると、どうして想像できる?

好物のドーナッツの味もわからないほど、凜は自己嫌悪にまみれたが、約束は約束だ。

曖昧さのいっさいない、真剣勝負で負けたのだから仕方ない。

そして、その敗北が、どうしてか、少し嬉しかったのも事実だ。

ドーナッツを食べ終えた少しべたつく手のまま、凜は、智里とともに成瀬が差し出した入部届に自分の名前を書いた。

翌日から、凜はハンドボール部の正部員として、練習に参加した。

不本意だったが、そうと決まれば、気持ちを切り替えるしかない。

とにかく、ハンドボールという競技を理解することに、まず全力を尽くすことにした。

前日の夜には、駅前の書店でルールブックと初心者向けの指南書を買った。

ネットで事足りることも多いが、凜のこづかいにはダメージが大きいこの出費が、自らを奮い立たせるからだ。

凜は、前に進むために、いつも、なんらかの犠牲を自分に強いることにしている。そして、払った犠牲のために頑張るのだと自分に言い聞かせる。

人から見れば、他愛のない意味のないことでもいいのだ。

自分にとって、それが痛みだと認識できれば。


凜が想像したよりも、ずっと淡々と、ハンドボール部での日々の練習は進んでいく。

意外にも、凜にキーパーとしての特別な練習は与えられなかった。

ほぼ毎日、練習時間の半分を割いて行われる実戦形式の練習でも、あの日以来、凜がゴールに入ることはない。

たいていは、左利きが有利な右バックか右サイドのポジションを指示され、細かく動きを注意される。

まるで、未来のポイントゲッターとして期待されているような、そんな扱いだった。

しかし、まだ、バスケットボールとは大きさも重みも違うこのボールに、凜は親しみは持てない。

他のとまどいも多い。

歩数の違いは、さほど問題はなかった。ファウルにはつながらないからだ。

二歩までしか許されなかった歩数が三歩までよくなったのだから、しばりが緩くなったともいえる。

より有利な体勢でパスを通したり、精度の高いシュートを放つためには、この増えた一歩をうまく使うことが必要だろうが、それに必要な訓練や努力の仕方は、成瀬先生や先輩たちにいくつか教えてもらっているし、凜もそれを理解していた。

一番の難敵は、ドリブルだった。

先輩たちにも、真っ先に注意された。

凜の手首を返すようなやり方では、ダブルドリブルのファウルをとられるというのだ。

ダブルドリブルとは、文字通り、ドリブルを一旦止めてから、またドリブルを始めることだ。バスケットボールの選手がよくやる、手ですくうようなドリブルも、これとみなされるらしい。

頭ではすぐに理解できても、長年かけて身についた習性はなかなか修正できない。

ミニゲームを始めると、何度も、嫌がらせのように、凜はこのダブルドリブルでファウルをとられた。

あげくに、成瀬先生には、こう言われた。

「ドリブルは、しばらく禁止な」

凛は、不満な顔をしたかもしれないが、心の中では、それもありかと思っていた。

バスケットボールを『籠球《ろうきゅう》』と書くように、ハンドボールは『送球』と書く。

つまり、味方同士のパスでボールをつないで敵陣地に乗り込んでいくことが、ハンドボールの攻撃の王道だといえる。

実際、凛の買った指南書にもそう書かれていた。

それに、成瀬先生の指示で、凛と智里は同じチームに入ることが多かったので、たとえば凛がパスカットをすれば、その視線の先にはすでに智里がいる、というシチュエーションも多かった。

智里のシュート技術がなきに等しいので、得点につながることは少なかったが、凛のパス練習にはなったし、ドリブルを使う必然性は低かった。

誰より速く、絶好の位置取りでゴールに向かう智里にピンポイントで球を送ることは、単調な練習の間にも、凛に小さな悦びを与えてくれる。

左利きの優位さで、体格のよさで、自らがシュートを決めた時より、それは凛の気分を向上させてくれた。

智里にパスがうまくとおるたび凛が小さく笑むのを見て、時おり、成瀬先生も笑んでいたことに凛も気づいていた。

けれど、それにどんな意味があるのか、その意味を凛が理解したのは、ずっとあとのことだった。

いくら、凛の運動能力が高くバスケットボールではそれなりの選手だったとしても、夏に向かって始まった公式戦で、初心者の凛がレギュラーに入ることはなく、ベンチに座ることもなかった。

もちろん、それを不満に思ったりはしない。

客観的に見て、今の凛では、ベスト8に進むことが必然、というこのチームの力にはなれない。足を引っ張るだけだ。

智里たちと一緒に、試合に同行し、雑用をこなし、試合が始まれば応援をする。

それを、面倒だ、嫌だと思うこともない。

周囲は意外そうな顔をしていたが、智里のように、一心不乱に応援に熱中はできなかったが、凛は、決して冷めた目でコートを見ることもなかった。

見ることも経験のうちだと知っているから。

たとえば、右バックの調子が悪ければ、左利きの凛ならもっとうまくやれるのでは？と一度も思わなかったといえば嘘になるが、トータルで見て考えれば、やはり自分のほうが劣ることもわかっていた。

チームというものには、わずかに勝る能力より、柔軟な調和力が必要だ。

和を乱す危険を冒してまで起用してもらうのなら、誰よりも高く、ひときわ勝る能力を見せつけるしかない。中学のバスケットボール部で凜がそうであったように。

今のところ、凜には、そんな実力もないし、あったとしても、確認する機会もなかった。


それなのに。


「端野、しっかり絶望してこい」

成瀬先生は、淡々と、凜にそう言った。

「お前は、持ちすぎてるからな。ちょいとばっかり削ってもらって、身軽になったほうがいい」

次にそう言って、ニヤッと笑った。

この笑いには、きっと意味があるはずだ。成瀬先生の笑みに意味がある時とない時の区別が、そろそろ凜にもわかるようになってきていた。

「そうしたら、お前、もっと高く跳べるぞ？　前にも進める。そんでもって、お前が変えることもできる」

しかし、あいかわらず、その言動の半分以上は、凜には理解できない。

わかっているのは、成瀬先生は、相手によって、言葉遣いや話し方を、頻繁に極端に変えるということ。

凜にはいつも、具体的なことは言わない。とぼけた調子で、曖昧な文言を並べる。

自分で考えろということだろう、と凛は思っている。

一方、智里には具体的に丁寧に話す。考えさせるより、正確に間違わずに伝えることを優先させているのだろう。

「こんな能力ばっかり求められて、やったってあんまり得もない、未来も見えやしないマイナースポーツをさ」

そのマイナースポーツに、凛を、半ば強引に誘い込んでおいて、今さら何を言ってるんだか。

「そんな大きなもの、たった一人に、変えられるはずなんかないのに」

「どうかな」

お前次第だ、と成瀬先生は笑う。

だけど、もしそこに一パーセントでも本当があるのなら、やってみてもいい。そうちらっと思ったその結果が、今のこのコートだ。


インターハイ、県予選の準々決勝。

万全で臨んでも勝てる見込みがほとんどない、相手は、春に行われた選抜大会の県代表校。

その試合の三日前、練習中に、正キーパーの矢部先輩が、右手の小指を骨折した。

成瀬先生もその場にいた。

そして、即決した。

「端野、お前、次の試合、キーパーな」

冗談だろう。

あの体験入部以来、ゴールに入ったことはない。

それに、キーパーなら、二年の水野《みずの》先輩が控えにいる。確かに、矢部先輩と同じとはいかないだろうが、凛よりは数段ましだ。

「できません」

「できるかどうかは関係ない。やるんだ」

「勝つ気がないんですか？」

負けたら、三年生たちに次はない。

せめて、できる限りの精一杯を尽くすべきだ。今あるチーム力で。

不本意な形で入部し、このチームとまだそう長くともに過ごしたわけでもない。

だから、さほど愛着もないが、それでも、そう考えることは、関わり合った以上、ふつうのことだと思う。

「まさか。勝つ気は満々だ、いつもどんな時でも」

成瀬先生は、いつもよりずっと冷たい視線でそう答える。

「だって、素人の私にゴールを守れ、っていうことは」

「つべこべ言うな。端野、お前がキーパーだ、と俺が言ったら、他の選択肢はない」

その傲慢な言葉に、凜は、思わず顔をしかめる。

しかし、凜以外の誰も、何も言い返さない。

言えない、のではないはずだ。

成瀬先生は、絶対的ではあるが、どんな小さな声にも耳は傾ける。それをどうするかは、また別の話だとしても。

だから、疑問や不満があれば、今の凜のように、誰でも口にできるはずだ。実際、このチームに所属してから、そんな場面を何度も見てきた。

それなのに、誰一人、不満そうな顔も見せていない。

どうして、と凜は、くちびるをかむ。

結局、みせしめなのか。

嫌々入部して淡々と練習に取り組む凜を、みんなは苦々しく思っていたということだろうか。

他人の目にどう映っているかは知らないが、凜は、少しこのチームに馴染んできたと思っていた。

先輩たちも同じ一年も、智里以外は誰も、凜に必要以上に近づいてこない。

だからといって、以前のように、疎外されもしない。陰で悪口を言われていることもないはずだ。そういうのは、いくら隠れてやっていても、なんとなく雰囲気でわかる。

このチームは、コートに必要なものが何かを、共通認識として持っている。

実力、その組み合わせ、そして和。

どんな競技のチームであっても、これが整うことが重要だ。でも、そう簡単に、整わないものでもある。

凜には、その経験がなかった。

ここにきて、チームの内側に入って、初めてその理由がわかった。整える人がいなかったからだと。

ここでは、成瀬先生が、まず個人を、それから個人を組み合わせてチームのそれを整える。

凜自身に、まずは自らのそれを整えようとする気持ちだけが生まれてきていて、それをみんなが見守っている、そんな段階だと、ついさっきまで凜は思っていた。

せめて、と思い、主将の大倉先輩を見る。

大倉先輩は、微笑んでいた。

矢部先輩がいないのなら、誰でも同じ、そんな諦めともとれる笑みだった。


いつも、その時の最善を成瀬先生は選んでいるから。凜が明日のゴールを守ることが、うちのチームにとっては一番いいことなんだよ。

智里がその夜にくれたラインの文面を、凛はすぐに削除した。


試合前に、成瀬先生がチーム全員に言ったのは、たったひと言。

「いつもどおり、精一杯やってこい」

凛以外のレギュラー陣と今日ベンチに入ったメンバーの声が、「はい」と短く揃った。

試合は、球を選んだ相手のスローオフで始まった。

ゲームは予想どおり一方的で、こちらは防戦一方の展開。

相手チームのシュートは、あらゆるポジションから、緩急様々な球種で放り込まれてくる。

しかし、凛も素人だからといって、まったく反応できないわけではない。

この予選が始まってから、矢部先輩の動きを、おそらく誰より真剣に見てきたのは凛だ。

何か予感があったわけではない。

人の視線は、自然と球にいくものだ。

だから最初のうちは、どうしても、球を持つことが多い、エースの左バックの山野先輩やセンターの大倉先輩に目がいった。それから、たぶん、凛が一番しっくりくるはずのポジション、右バックにいる宮下先輩。

けれど、勝ち進んでいくにしたがって、球のあるなしにかかわらず、凜は視線を矢部先輩に向けることが多くなった。

そしてわかった。矢部先輩は、おそらく県レベルではなく全国レベルのキーパーだ。このチームが、今のレベルにまで上がってきたのは、彼女のおかげでもある、といっても過言ではないはず。

実際、智里経由で得た情報だが、小学校の時からハンドボールを始め、中学から県の選抜メンバーにも選ばれているそうだから、凜の実感は間違っていない。

そんな彼女でさえ、成瀬先生の指導を求めてこのチームにきたのだと聞いた時には、正直驚いた。

矢部先輩は、入部と同時に正キーパーになったそうだ。それから、ずっと、彼女はこのチームの守護神として君臨してきた。

チーム自体はベスト8止まりでも、矢部先輩個人には、すでにいくつかの大学からスカウトもきているらしい。

矢部先輩を見ていると、成瀬先生が勧誘の際に凜に言った、「お前が、シュート全部止めれば、うちのチーム絶対負けないんだよ」という言葉は、ある意味間違っていないのかもしれないと思う。

まったく点を献上しない、ということは不可能だが、キーパーがここまで優れているとミスは最小限に抑えられる。つまり、不用意な失点はないということだ。

ただそれは、力が拮抗している、あるいは格下が相手の時に限る。

明らかに格上のチームに立ち向かう場合、それだけではやはり勝てない。

勝てるはずがない、と未だハンドボールの上っ面しかわかっていない凛だが、他の競技経験者としての積み重ねで、それを理解できる。

成瀬先生の伝手で、ついこの間の日曜日に、結構な強豪である大学生チームとの練習試合を組んでもらえた。

通常、矢部先輩は、声とアイコンタクトを駆使し、味方のディフェンスをうまく使いながら、驚くほどの確率で相手のシュートコースを消している。

ところが、それが機能しなくなる時間帯が、相手に力があればあるほど、後半に行くほど長くなってくることに、凛はなんとなく気づいていた。

それが、顕著に出たのが、その練習試合だった。

原因は、外から見ていれば明白だった。矢部先輩が守ることに終始しているからだ。

実質上、チームの中心である矢部先輩が守り一辺倒になれば、チームの攻める術は極端に少なくなる。

攻めないチームは、決して勝てない。

最初に成瀬先生が言ったとおり、キーパーは、そもそも攻撃の起点であるべきなのだ。

たとえそのキーパーが矢部先輩ほど優秀でなくても。どんなチームであろうと、頂点を目指すのなら。

とはいえ、やはり凜に何ができるわけでもない。

矢部先輩が、どんな局面においても、こなしている当たりまえのことさえ、凜にはその半分もできないだろう。

素人が、コートの外からその長所と短所を把握したところで意味はない。

ベスト16に勝ち上がってから最初の試合で、凜はそれを確信した。

相手校は、実力がほぼ同じの、愛輪《あいりん》高校。

凜は、試合観戦の前に、部室に保管されている試合のスコア帳で、あざみ野高校の愛輪高校とのここ二年の戦績を確認した。

公式戦、練習試合を含めて、四勝五敗。どの試合も、点差は2点つくかつかないか。

負けた試合は、いつも、後半に逆転されていた。

そしてその日、結果だけを見れば、試合には勝った。

いつもとは違い、後半の初っ端で、大きな貯金ができたからだ。

その貯金を作ったのは、初めてベンチ入りを指示され、後半頭に右バックに入った凜だ。

初めて対応する、長身で左利きの凜に、相手は、見るからに戸惑っていた。

それを敏感に察知したチームは、球を凜に集めた。

運も味方したのか、三本立て続けに凜がシュートを決めた後に、本来のエースの山野先輩への相手ガードが甘くなり、今度は山野先輩が二本を決めた。

前半の2点と、その5点を貯金した時点で、凜はベンチに下げられた。

それが成瀬先生の最初からの計画だったのか、凜のプレーを見て、この辺りが化けの皮がはがれずにすむ引き際だ、と判断されたのかはわからない。

その後は一進一退、いや、押され気味だった。

じわじわと追いつめられはしたが、なんとか逃げ切った、そんな感じだろうか。

コートを出てから、凜は、ずっとベンチから矢部先輩を見ていた。

7点差が4点差になった時点で、矢部先輩の動きが、守り一辺倒になった。

矢部先輩に大きなミスはなかった。

何本も際どいコースの球を止めた。けれど、前半は何本かうまくはまった速攻が後半はたったの一本。そのチャンスが、何度もあったにもかかわらず。

正直、攻撃への起点としては、機能していなかったといえる。

成瀬先生が、常にリードを保った状態でも、ずっとしぶい顔をしていたのは、おそらくそれが理由だろう、と凜は思った。

試合後の先生の言葉がそれを裏付けた。

「お前たちね、勝てばいい、ってもんじゃないんだぞ。あれ、あと三分あったら負けていた試合だから。それぞれに何が足らんのか、よく考えて次に臨むように」

矢部先輩だけが、先生の目を見ず、ずっと顔を伏せていた。

そして、きわめつけは、直後の勝てる見込みの少ない準々決勝直前の骨折。

もちろん、わざとじゃない。誰の目から見ても、防ぎようのなかった練習中の不慮の事故だった。

それは間違いがない。

ただ、凜が気になったのは、亀裂骨折だと診断が出たあとの矢部先輩が、ほとんど動揺を見せなかったことだ。

翌日も練習には顔を出したが、意外なほど淡々としていた。

この骨折で、矢部先輩の、高校での部活動は終わったも同然だ。少なくとも、コートで、このチームの一員として戦うことはもうない。

それをわかっていて、悔しそうな顔のひとつも見せないことに、むしろ、ホッとしたような表情もときおり見せることもあり、凜は首を傾げた。

どうにもこうにも、キーパーとしての基本すらわかっていない凜の様子を見ても、罵声もなければ忠告も提言もほぼない。

まあ、そのことに関しては成瀬先生も同じだが。

どうせ、たった二日でどうにかできることなどないのだから、と諦めているのだろう。

そして、試合当日、コートでのアップを終え、全員に精一杯やってこいと声をかけた後で、凜にだけ、そっと耳元で、成瀬先生は言ったのだ。

絶望してこいと。

絶望なんかしない。

ゴールに入った凜は、それだけを自分に言い聞かせた。

へし折られる鼻なんかない。ずっと前からなかったんだ。

特別だと思っていた。思いたかった。でも違った。特別なら、あんなチームであっても、もっと上に引っ張って行けたはずだから。

できなかった事実が、凜の現実だ。

ようやくそれに気づいた。

かつてのチームメイトには、今さら過ぎて詫びる気もしないが。

ある程度意識も能力も高いこのチームの一員になって、ようやく、凜は認めることができたのだ。

あの不満と怒りと倦怠感に満ちた時間は、ふがいない周囲へのものではなく、特別になりきれなかった自分自身へのものだったということを。

そんな凜に、不慣れな競技の初めてともいえるポジションでできることは、限られている。

矢部先輩の動きを、ずっと追いかけていたことで、頭では、キーパーがゴールエリアでとるべき動きは理解していた。

無難なのは、できるだけそれに忠実に動くことだろう。

しかし、積み重ねた訓練と経験なしではそれすらままならない。

結局凛は、矢部先輩の情報を、一時的に消した。

正確には、正の情報を消し、負になる情報、これだけはしてはいけないと感じたことだけを残した。

守ることは、形ばかりしかできない。

でも、攻めることはできる。自分のやり方で。

まずはこれだ。

相手のシュートミスの球を取り、一気に前線に送り込む。

畑中先輩を狙うしかないのだが、智里ほどのスピードはない彼女を待っていては、攻めに徹することはできない。

凛は、相手への印象付けにもいいかと、直接ゴールを狙った。

少なくとも、その気概で投げた。

コントロールも距離も悪くなかったが、距離が距離だけに、球威が足りず、当然ながら、相手キーパーにその球は弾かれた。がっしり摑まれなかったのは、まさかそんなはずはない、と思った相手の油断だろう。

それでも、そこへ畑中先輩が飛び込んで、シュートを決めてくれた。

それが最初の1点。

会場からいっせいにどよめきがもれ、それは凛の耳にもしっかり入ってきた。

2点目も、速攻だった。

センターラインを少し越えたあたりにいた大倉先輩に強めのパスを出し、大倉先輩がそれを、追い抜いて行った畑中先輩にパス。

畑中先輩は、右上のきわどい場所にシュートを決めた。

しかし、そこからは、速攻を出すチャンスもなかった。

一番の理由は、凜がまったく相手のシュートを防ぐことができなかったからだ。

守ってばかりではだめ、しかし、それ以前に、守らなければ攻めることはできない。

そのことを、凜は身をもって知る。

セットプレーで、それでも、山野先輩が2点、大倉先輩が1点、ポストの森田先輩が1点を決め、前半終了時に、6対16。

まだ半分もある。

だけど、凜は、絶望はしていない。

不思議なことに、あと何度ゴールを決められても、次は止める、次こそ止めてやる、そう思えるのだ、自分でも不思議なくらい。

成瀬先生は、集まった選手たちの顔を一人ずつ確認する。

「もう諦めたのか？」

そして、最後に大倉先輩に、嫌みなほど穏やかに問う。

「いいえ」

大倉先輩が答える。

「ならなんで、精一杯やらない？」

やっています、とは誰も言わない。

結果がこうなら、やっているとは言えないからだ。

「点差が縮まらないのは、諦めじゃないのか？　うん？」

大倉先輩がくちびるをかみしめる。

「端野が素人キーパーだから、こいつのせいにして、それを言いわけにするのか？」

「違います」

それには、大倉先輩がきっぱり否定の言葉を返した。

「何が違う？　ベンチから見たお前らは、そう見えるぞ。端野がミスしても誰も声をかけない。素人だから仕方ない、そう思ってるからだろうが」

実際素人で、その凜をキーパーに選んだのは成瀬先生だ。

「端野を許すから、自分も許されたいのか？　森田、お前、相手のポストへのマーク甘すぎるよな？　山野、お前も二本、シュートをフリーでミスった。キーパーがヘボなら、その分、自分が頑張ろうと思わないのか？」

言いたい放題だ。

しかし、よく見ている。

確かに、今日の森田先輩のマークは甘い。相手も上手いが、それ以上に森田先輩に、どうしたって止めようという気概が感じられない。

山野先輩のあんなミスは、いつもなら正直ありえない。もっと難しい状況でも、彼女なら決められるはずだ。だからこそのエースだ。

きっとみんな、凛の拙さではなく、矢部先輩がいないということのほうに影響を受けている。

一方で、いつもより動きがいい人もいる。畑中先輩だ。

「畑中、お前はいいよ。いつも以上に動けてるしな。でも、最後までそれで持つか？　持たせないと意味ないぞ？」

「大丈夫です。持久力にも重点を置いて自主練してきました。精一杯で、先輩たちを送りたいので。今日だって、私、諦めてなんかいません」

うんうん、と成瀬先生は頷く。

「けどな、先輩たちが一生懸命じゃないのは、どうよ？」

少しの間、沈黙が落ちる。

「……そんなこと、ない。ない、はずです」

畑中先輩はそう答え、先輩たちは、視線を泳がせる。

「端野、お前はどう思う？　お前のせいで、10点も、差がついちゃってるわけなんだけど」

凛が、自分のせいだ、ごめんなさいと言うとでも？

実際そうだが、事実を言ったところで何の助けにもならない。

「絶望はしていません。この先もしません」

だからそう答える。

それを、成瀬先生は嗤う。

「ほんとうに、どうしようもないな、お前は。絶望するどころか、へこむことさえできないなんて」

そう言ってから、成瀬先生は、凜から視線を外し大倉先輩たちに向かってこう言った。

「試合の結果はどうあれ、お前らは、せめて矢部を絶望させてやれ」

先輩たちが、ハッとしたように顔を上げる。そして、凜以外が、はい、と声を揃えた。


成瀬先生が告げた言葉の意味を、凜はまた理解できなかった。

しかし、他のメンバーは理解できたのだろう。

後半のチームは、あきらかに、数段階、パワーアップした。

結果、20対22で試合は終了した。

勝利は逃したが、後半だけを見れば、14対6。大きく勝ち越していた。

一番のキーポイントは、残りの一五分で、成瀬先生が右バックの宮下先輩をベンチに下げたことだ。

宮下先輩の代わりに右バックにはサイドの下田先輩をコンバートし、凜と同様、公式戦でベンチに入るのは二度目の智里を、右サイドに送り込んだ。

ここで、凜からの智里への速攻がバンバン決まれば、絵にかいたような逆転劇も可能だったろうが、強豪校相手の現実は、そう甘くなかった。

凜からの智里への速攻が決まったのは、一度だけだった。

それでも、智里の疾風のごとき走りは、相手チームの度肝を抜いた。相手ベンチの数人が、思わず立ち上がったほどに。

代替わりしても、このチームにはこんな秘密兵器が残る。あなどれない。

相手チームだけでなく、この試合を観ていた他チームの誰かの頭にも、その走りは刻みつけられただろう。

成瀬先生が、この試合のこんな場面で智里を起用した狙いも、それにつきたはずだ。

そして、後半、最後が近づけば近づくほど奮起したのは、三年のレギュラー陣たちだった。宮下先輩がベンチに下げられてからの動きは、目を瞠るものがあった。

一方で、凜はそれに反比例するように、じりじりとパフォーマンスの質を下げていった。

後半の6点の失点のうち3点は、あきらかに凜に原因のある失点だった。

10点以上の失点を、先輩たちの献身的な身体を張ったディフェンスで防いでもらった。

体格差のある相手でもあたり負けをせず、相手のミスを逃さず素早く攻める。

常に攻め続ける。大柄な選手が山野先輩だけのこのチームに必要不可欠な基本だ。

満身創痍《まんしんそうい》、という四字熟語がぴったりの彼女たちは、最後の笛が鳴るまで守り、守りを起点に攻め続けた。

守ることに精一杯で、攻めにほとんど意識が向けられなかったのは、凜、ただ一人だった。

智里でさえ、できる限り速く走ることはもちろん、セットプレーでも、果敢に身体を投げ出すように何度もサイドを攻め込んでいた。ぎこちないパフォーマンスだったが、それでも攻めるんだ、勝つんだという気迫は十分感じられた。

凜をじりじりと蝕んだのは、怖れだ。

大差をつけられている間には感じなかった恐怖を、点差が詰まるにつれ、凜は感じるようになった。

追いつける。それが現実味を帯びると、1点がそれまで以上に重くなり、自分のミスで1点を献上しないように、しっかり守ることだけに頭がまわるようになった。

情けなかった。

あれほど、矢部先輩のプレーを、偉そうに分析していたくせに。

このチームのゴールに何が足りないのかを、わかったような気になっていたくせに。

怖れが現実になり、自分のファンブルで、反撃の勢いを削ぐ1点を献上してからは、頭が真っ白にもなった。

前半とは違い、凜のミスには、容赦ない叱咤の言葉が味方から浴びせられた。

死ぬ気で摑め、後悔はコートの外でやれ。攻めるよ。諦めないよ、絶対に。

悔しくはなかった。当たりまえで、むしろ、言われるべき言葉だったから。

そして、その言葉に発奮しなかったわけではない。

ただそれでも、どうしても凜は、リスクも高い、大胆な攻撃に踏み切ることができなかった。

終了間際、4点差であと五分を残して、成瀬先生はタイムをとった。

「リスクを恐れてる場面じゃないよな？　このままじゃ、絶対負ける。いろんなもんに」

成瀬先生は、凜の恐れをちゃんとわかっているらしい。そして凜がわかっていない別の何かも。

凜に、返す言葉はない。

「それなのに、こいつは、萎縮するだけで、絶望の、ぜの字もしとらん」

成瀬先生は、あきれたような、困ったような表情だ。

しかし、凜も困惑している。

辛い。自分自身がままならない。その実感はある。

絶望のぜの字もしとらん、と言われても、正直、今感じているこれが、恐怖なのか絶望なのかもわからない。その境目もわからない。

「大倉はどうよ？　もう無理か？」

何が、もう無理なのか。

この試合をひっくり返すことなのか、凜に絶望を教えることなのか。

後者だとしたら、最悪だ。

「いえやります」

だから、何を。

「できるのか？」

はい、と大倉先輩以外のレギュラー陣も声を揃える。

「あっちは、ちょっとは効き目があったようだが、どっちにしても、まだ足りない。お前ら、最後の最後まで、こいつらの絶望感を引っ張り出せ。それができたら、どうあれ、この試合は俺たちの勝ちだ」

あっち？

一瞬だけど、いくつかの視線がベンチ裏の観客席に流れた。

そこには矢部先輩がいた。

成瀬先生は、いったい何をしたいのか。

いや、したいことは、凛にだっておぼろげに想像できる。

ただ、三年生にとっては、高校最後になるかもしれない試合を、矢部先輩と凛、そんな特定の誰かをやりこめるために捧げるなんて。それをしろと言うことが正しいのかどうかがわからない。

指導者ってこういうものなのか？　こんなんでいいのか？

また、凛一人が成瀬先生の言葉を理解できないまま、凛以外の、はい、が揃った。

タイムを機に智里はベンチに引っ込み、宮下先輩がコートに戻った。

宮下先輩の顔つきは、今まで見たことのないほど厳しいものだった。そして、宮下先輩は、コートに入る前に、矢部先輩に拳をつきあげ、その後で、凜を睨みつけた。

容赦しないから、そんなセリフがピッタリな目つきだった。

味方のスローオフから、ゲームが再開された。

あっという間に、目まぐるしく送球しながら味方は敵陣地に乗り込み、最後は、森田先輩が見事なポストシュートを決めた。

それからも、凜以外は、チーム一丸となって最後の五分を戦った。

こちらの高いテンションにつられる様に、敵方も、守り一辺倒に入るようなプレーをせず、最後まで攻め続けてくれた。

目まぐるしい攻防の入れ替わり。

敵も味方も、最後の最後で、よくこうも走れるというほど走り、前後左右に跳び、強く時に柔らかく投げ、そして激しく身体をぶつけ合っていた。

観客席は、どちらかのチームに点が入るたびに、大いに盛り上がっていた。

しかし、ゴールにいる凜にはどんな余裕もなかった。

点が入るごとに、互いの応援席からかけられていた声も、凜にはほとんど聞こえなくなった。

とても静かだった。

コートを走り回る足音や息遣い、審判の吹く笛の音さえも、森の中で聞こえてくる鳥たちの声のように、聞こえてはいるが耳に心地いいBGMのように、凜の耳を通り過ぎていく。

そんな中で、ただ一度、凜の耳にとてもリアルに聞こえた声があった。

「もっと前に」

観客席の、矢部先輩の声だった。

凜の身体は瞬時にそれに反応した。

大きく手を広げグイッと前に出た凜に判断を揺らされたのか、相手のシュートは、わずかにゴールを逸れた。

早く、と誰かが凜に言った。

早く？　何を？

視線がさまよう。そして、転がった球に視線がたどりつく。

そうだ、すぐにボールを拾わないと。そして、投げないと。

どこへ？　決まっている。味方の、相手ゴールに一番近い誰かに。

まだ二分あるよ、誰かの声がした。

もう二分しかないのか。凜は、少し悲しくなった。

結果として、五分の間に、3点を入れ1点を決められた。その1点を失点しなくても、この試合は1点差で負けだった。けれど、全員がきっとわかっていた。

この1点で負けたのだと。

残り一分と少し、凜は、相手の威力のないシュートを正面で止め、球をしっかり握った。

さあこちらの速攻だ、そのタイミングで凜はためらった。

智里がコートにいた間は、無条件に目標にしていたが、その智里がいない。

畑中先輩は？　相手も必死だったのだろう、だから、畑中先輩はファウルで出鼻をくじかれていた。笛が鳴らなければ、しかし、それはファウルではない。

大倉先輩が相手陣地に切り込んでいたが、真後ろにぴったりマークがついていた。

凜は、ためらった後、一番近くにいた森田先輩にパスを出した。

凜の、そのためらいの間に、こちらの速攻の芽がつぶれた。

そして、逆に、森田先輩から下田先輩へのパスをカットされ、速攻を決められた。

凜のためらいがなければ、1点を得て、速攻返しで失点をくらうことはなかったかもしれない。

だとしたら、それで、同点にはなっていた。

「もしも」や「だったら」に、意味はないのかもしれない。

スポーツは、特に、結果がすべてだ。

でも、それでも考えてしまう。

そして気づく。

こんなふうに考えること自体、久しぶりだということに。

コートやチームに諦めしかなかった頃には、どうすれば勝てたか、次に繋げるため何が必要なのか、なんて欠片も考えなかった。

けれど、バスケットボールのことが好きで、大好きで、勝ちたい気持ちがいっぱいだった頃には、勝っても負けても、よくシミュレーションしたものだ。こうしたほうがよかったかもしれない、次はそうしようと。凜の頭の中だけのこともあったし、チームメイトと一緒の時も、そして、大人たちも一緒になっての時もあった。

こんな勝てる見込みの少ない試合だったとしても、勝ちたかったのだと、ようやく凜は、認める。

まだ、誰のこともチームメイトだという実感はない。そして、今日のコートをともにした人たちのほとんどは、もう二度と実戦でともにコートに立つこともないだろう。

だけど、だからこそ、勝ちたかったのだ。

それなのに、負けた。

そしてそれは、凜だけではないかもしれないが、多くは凜のせいだった。

誰も面と向かってそう言わなくても、凜自身がそれを知っているし、そのことをなかったことにはできない。

凜には、自分のせいで負けた試合の記憶が、バスケットボール時代にも一度もなかった。

ミスをしたことがない、とは言わないが、すれば、必ずそれ以上の成果で挽回してきた。

でも、ハンドボールのキーパーというポジションでは、それができない。ゴールを飛び出し、コートを駆け抜け敵をかわし、お返しのシュートを放つことができない。

キーパーの、この、できないことから生まれる孤独は、チームメイトにも理解してもらいにくいのかもしれない。

ここで初めて、凛は、矢部先輩がたった一人で抱えていた重荷の一端を知る。

失敗はすべて自らに返り、誰のせいにもできない。

ファインプレーで1点をくい止めても、味方の点が増えるわけでも、相手の点が減るわけでもない。

増えていくものに称賛は与えられるが、変化がないことに払われる注意は少ない。失ったものだけが数字として残る。

今まで矢部先輩が味わってきた孤独を、すべてではないだろうが、凛も知ることができたのかもしれない。

でも、それでも思う。

この試合に負けた主原因が凛でも、責任は凛にはないと。

誰のせいで負けたとしても、責任をとるべきは、成瀬先生だ。

凛をキーパーに配したのも、矢部先輩や凛を絶望させるため。この意味は未だ凛には理解できないが、ただそのために大倉先輩たちを踏み台にしたのも、すべては成瀬先生の決めたこと。

凛は与えられた場所で、できる限りのことはした。

そして、……明日からも、そうする。

好きだ、愛しているなんて実感はないけど、でも、ようやく心に馴染んできたハンドボールを、こんなことでやめたりなんかしない。

だから、絶望なんてしていない。

結果の責任は、成瀬先生が負えばいい。

それが指導者なのだろうから。まだ、よくわからないけど。


その夜、また智里からラインがきた。

智里とも、それほど親密になったわけではない。

智里の不思議議キャラに翻弄され、気づいたら連絡先を交換していたが、こちらから智里にメッセージを送ったことはない。

それでも、ラインだと、実際よりずっと親密な友人同士のような会話が交わせる。

顔が見えないから、歩み寄ることに、羞恥心やためらいが少なくなるからかもしれない。

しかし、誰とでも、というわけではない。

正直、他の誰かとはそうはならない。チームメイトにはスタンプ程度は返す。しかし、それ以外のたとえばクラスメイトには返事すらせず、相手にされなくなることの方が多い。

凛にとって、未だ、智里は未知の生き物で、どういう立ち位置で彼女を見ればいいのかわからない、そんな存在だ。

だから、アクションがあれば返すようにしている。少しでも理解したくて。


今日、試合が終わった後、どうして笑ってたの？

笑ってた？

うん、なんか、ぼんやりとした笑いだったけどね。


そういえば、試合前の情景を思い浮かべていた気もする。

ハンドボールの公式戦では、試合前に、審判によって、爪のチェックと背番号と名前の確認が行われる。

初めて体験した時、爪のチェック？　と首を捻った。

後で調べたら、相手を傷つける危険性と、自分の爪がはがれる危険性を考慮してのことらしい。

球をしっかり握るため、指に両面テープを巻いている選手も多いので、さほど必要性もないと思うが、とにかくそういった儀式めいたものがある。

ちなみに、凜は、握力があり手も大きいので、テーピングはしない。その違和感のほうがうざいからだ。

なんにせよ、それを思い出し、やっぱり、格闘技モードだね、となんだかおかしくなったのだ。

きっと、結果と正面から向き合うことが怖くて逃避したかったのだろう。少しだけでいいから、結果が出る前の過去に。

自分のせいで、大事な試合をだいなしにしたことに落ち込んでいたから？

それを誰にも責められなかったから？

わからないけど。

矢部先輩が、凜が代わりにゴールを守ることになってすぐに、こんなことを言ったことも、少しは影響したのかもしれない。

試合の直前に爪を切ると、ボールへの感触にどうしたって違和感を覚えるから、二、三日前がベストだと。そういえば、矢部先輩もテーピングはしない。だから、指先の感覚に敏感なのかもしれない。

だとしても、正直、たった一つのアドバイスが、どうしてそれなのかと思った。

バスケットボールの時だってそれなりに爪のケアはしていたけれど、それほど気を遣った覚えはなかった。それでも、せっかくのアドバイスなので、帰ったらすぐに、爪を手入れした。

実際、翌日には、ちょっぴり違和感を覚え、試合当日にはしっくりしていた。なるほどとは思ったけれど。

でも、他に、もっと大事なアドバイスはないのか、とやっぱり思ってしまった。

笑ってたかな。よけいに嫌われたかもね。傲慢だってさ。

まさか。凜、よく頑張ってた。

後半、すごくつらそうだったけど、それでも踏ん張ってた。あの、タイム明けに、前にぐわっと出てきたのなんか、凄いなって尊敬したよ。

あれは、矢部先輩が前に出ろって。

矢部先輩、ずっと黙って見てただけだし、大声で叫んだとしても、きっと聞こえないよ。あの場所から。

そうなのか。

言われてみれば、矢部先輩のいた場所から、どんな大声で叫んでも、あれほどリアルにその声が聞こえたのはおかしいかもしれない。

そして、冷静になれば、矢部先輩なら、あそこで前には出ないかもしれないと思う。

あれは、あの試合の後半で、凜が唯一見せた、一か八かの賭けの場面だった。

怖いくせに、失敗をしたくないのに、それでも、前に出た。

その後の動作が鈍かったのは、そんな自分に、凜自身が、ちょっとビビったからだ。


でも、はっきり聞こえたんだよね。

なら、矢部先輩の心の声かもね。それか、凜自身の声。


聞こえるはずのない声をはっきり聞いた。

そういえば、あれは耳という器官ではなく、心でもなく、背中を押されるように、身体全部で聞いた、そんな感覚だった。

でも、今はそのことについて、深く考えたくない。

なんていうのか、こういうのは、現場でなければ答えが出ない気がするから。

また機会があるとしたならば、コートの、ゴールエリアの中で答えを出そう。

そういえば、智里は試合の後、先輩たちと行動をともにしていた。

矢部先輩って、帰り、一緒だった？

うん。

成瀬先生はずっと、矢部先輩と私を標的に、絶望させろって言ってたよね。あれって、結局、どういうこと？　矢部先輩は、その意味わかってたのかな。そんで、どう感じたんだろう？

先輩は、みんなにありがとう、って言ってた。

指が折れたままでも、一緒にコートに、あの場所にいたかった、いるべきだったたって思ったって。

先輩は、ちゃんと絶望したんだと思う。そんで、もう、次に進み始めてる。

どういう意味？

本当にわからないの？

みんなも本当はわかってないんじゃないの？　私は、わからなかった。
絶望の意味も、どうして、自分が絶望しろ、って言われなきゃならないのかも。
初めに聞いておきたいんだけど、凜は、今まで絶望したことないってこと？

どうだろう。
あんたは？
あるか。いじめられっ子だったんだもんね。

そうだよ、あるに決まってるじゃん。

じゃあ、教えてよ。

私、死にたいって、何度も思ったことある。
でもね、いじめられたことより貧乏になってごはんがおかわりできなかった方がつらかったし、それに、会ったこともないのに、おじいちゃんが死んじゃったって聞いた時の方がつらかった。

そんで、なのに、おじいちゃんの家を売ったらうちの借金なくなるかも、って思った時が一番つらかった。
絶望ってさあ、自分のことが誰より一番嫌いになった時に感じるんだよ。

なるほど。
重すぎて、返信ができない。

絶望をちゃんと味わうとね、その先にあるのは二つの道しかないの。
消えるか、這い上がるか。

言葉を選んでいる間に、さらに次がきた。

消えるほうがラクだなって思う瞬間もあった。
でも、やっぱり消えるのは怖いなとも思った。
だから、ちょっとだけ、這い上がってみた。
そうしたら、その先に、うっすら希望の欠片みたいなものが見えたの。

希望ねえ。

そんなの、絶望しなくても見えると思うけど。

言っとくけど、絶望したことのない人が見ている希望は、ただのキラキラした幻で、本物の希望じゃないから。

矢部先輩はね、エリートだからさ、凜と同じで、今まで、そういうのがなくてもなんとかやってこられたんだって。

まあ、とびぬけてうまいよね。

お父さんは、社会人チームのキーパーだったんだって。だから、小さい頃から英才教育？

でもね、矢部先輩、キーパーなんか大嫌いだったらしい。

意外ということもない。幼い頃なら特に、今以上にキーパーは孤独で退屈なポジションだっただろう。

やってみて初めて知ったが、キーパーはぼんやりする暇などない過酷なポジションだが、高校から始めた凜にだって、孤独なことには変わりはない。

今でも?

中学に入った頃には、誇りを持ってやってたって。
でもね、それが高校に入った頃から、自分こそがここに相応しいって驕りになってたかもしれない、そんなふうに言ってた。
そういえば、凜は、強すぎて困るって言ってたよ。

矢部先輩が?

先輩は、あれは筋金入りだって笑ってた。自分の弱さを知ったのは、凜が、同じ場所で、あれだけボコボコにされても、どうやっても折れない姿を目の当たりにしたからだって。
この先のチームには絶対必要だから、後は任せたってさ。とりあえず、畑中先輩が肩をたたかれてた。

そんなの頼まれても、困るよね、畑中先輩もさ。

まあね。でも成瀬先生がついてるから、大丈夫だよ。
そのうち、凜も一回ぐらいは絶望できるかもだし。できなくても、なんか、いい方法を考えてくれるんじゃないかな。

どっちも嬉しくないんだけど。


智里からの返信はなかった。

きっと寝落ちしたのだ。

たった十分ほどの出場だったが、智里が受けた、そして振り払ったプレッシャーは、フル出場ものだったはず。

凛は、スマートフォンをベッドに投げ上げ、自室のフロアに敷いた、母が買っただけでほとんど使うことのなかったヨガマットの上で腹筋を始めた。

結局、凛は、絶望を味わうまでにはいたらなかったのだろう。

最後の十五分ほどは、どうしようもなく怖くて自己嫌悪ばかりだったけど、絶望とは違う種類のものだったと思う。

智里が言っていたことが、本当なら。

死にたいほど辛くもなかったし、自分のことは好きじゃなかったけれど、誰より嫌いってことはなかった。

だから、凛には、本物の希望は手に入らないのかもしれない。

腹筋を五十まで数えたところで、ようやく、眠気が襲ってきた。

明日の予定はなくなった。

準決勝までは、今日のうちに終了している。

明日は決勝戦のみ。決勝戦の会場が遠方なので、見学は自由参加になっている。

眠ろう。

明日のことは明日考えればいい。


結局、朝早く目覚めた凜は、軽くランニングに出た後、決勝戦が行われる試合会場に足を向けた。

大きな体育館だ。

ハンドボールコートがゆったり二面とれる。

観客席も二階の前後左右にたっぷりある。マイナーな競技だから、観戦するのは出場チームの関係者と、近隣中高校のハンドボール部員ぐらいだ。

そのせいか、空席も目立つ。

昨日、あざみ野高校を破った平崎台高校は準決勝でも勝ち、決勝にあがった。

久しぶりの決勝戦進出らしい。凜は、その陣地からは離れた場所で、立ったまま試合を観戦することにする。

試合前のアップの時間の使い方は、それぞれだ。

黙々とパス練習やシュート練習をするチーム。ストレッチやあざみ野高校でも取り入れている体幹を鍛えるメニューに時間をかけるチーム。

そして、全国レベルでもトップクラスに君臨する常勝校の男子チームのように、球にはまったく触れず、大きな声とマスゲームのようなパフォーマンスで身体を温めるチームもある。

観客として観ている分には、面白くていい。

あれをやれと言われれば、ためらいたくもなるが。

でもやるだろう。

羞恥心など、コートに入れば一番に消えていくものだ。

「端野も、来たのか」

背後を振り返らずとも、誰の声かはわかる。しみじみ思うが、無駄にしぶい声だ。

「ええ、まあ」

「大倉たちは、反対側にいるぞ」

「そうですか」

敗者はどうしたって、自分たちがやられたチームに肩入れしたくなるものだから。

もしそこが優勝したら、優勝校に負けたのなら仕方ない、と自身への言いわけになるからだろう。

凛は、あえて対戦していないチームの側を選んだ。

自分たちが負けたチームに対して、彼女たちは、どう戦うのか。それを見たかった。

自分たちに足りない物を探すのなら、そのほうが手っ取り早いと思ったから。

「で、村上は？」

「一緒じゃありません。今日って自由観戦ですよね」

「村上は来るだろう」

たぶん来ているのだろう。けれど、一緒に観るつもりはない。観るために、貴重な休日を返上してここまで来たのだ、少々おしゃべりな智里と、よけいな会話を交わしたくない。

成瀬先生にも早く消えて欲しい。

両チームの選手が整列した。

「端野は、なんでそう強いかな」

成瀬先生が、視線をコートに向けた凜の横顔に、大きなため息を一つつく。

「強がってるならかわいいんだが、本気で強いから、困るよなあ」

そんなことを今言われても、凜も困る。

凜は、自分を強いと思ったことはない。

気が強いとよく言われるが、それは、自分を護るための、自分なりの武装だと思っている。

「三十年以上、お前と同じ年頃の子を見てきたけど、崖から突き落としたのに、下まで落ちもせず、途中で岩場につかまってひょいっと登ってきたのは、お前が初めてだ」

けれど、百戦錬磨であるはずの成瀬先生にそう言われれば、もはや武装が肌と一体化してしまったのかもしれない、などと思う。

ただ、その口ぶりの尖り方で、褒められているわけじゃないともわかるから、薄く笑う。

「どうしたって、それが、端野凜なんだろうな」

半分呆れて半分悔しがっているような、そんな声だ。

「昨日、怯えを見せながらも、ゴールで仁王立ちするお前を見て、正直、こっちがビビった。その上、あんな場面でも、お前は、お前の一番の武器をちゃんと駆使してたしなあ」

私の一番の武器ってなんだ？　凜は首を捻る。

投球力、走力、跳躍力。

どれも人並み以上だが、昨日、あのポジションで少しでも見せることができたのは、投球力ぐらいか。

しかし駆使した覚えはない。機会もほとんどなかった。

「でな、俺は決心したよ。お前が変わんないんなら、定年間近にして、俺が変わるしかないかってさ」

それって、どういう意味だ？

いや、その前に。

「私の一番の武器ってなんですか？」

「あ？」

もしかしてわかってないのか、と成瀬先生は、わかりやすいため息をつく。

「端野は、見えてるだろう？　全体が」

「そんなの、誰だって、あの場所にいたら」

「上からってことよ？」

見えた物を、鳥瞰図に変換するという作業は、凜にとって、自然で当たりまえのことだった。だって、鳥のように、斜め上から全体を見渡したほうが、なんだってわかりやすいから。

しかし。

「それってふつうですよね」

首を傾げながら問うと、成瀬先生は、頭を振る。

「やろうと思ってもなかなかできないさ」

本当に？　正直信じられない。今まで、それは当たりまえのことだと、凜は認識していたのだから。

「もちろん訓練次第で、ある程度はできなくはないけどな。だから、うちの子たちには、そういう訓練もしているだろう？　まあ他の能力も含めての脳トレの一環でな」

もしかして、あの、雨の日の、体幹トレーニング後のフラッシュカードを使ったゲームとか、数字のパズルとか、図形の展開図を描いたりする、あれのこと？

「自然とやってることを、どうやって、なんでって言われても、お前も説明しにくいだろうから、それはいい。お前ができるってことと、それが武器になるってことをわかっていたら」

凜は、あの視界が武器だと初めて知ったが、そう言われるのならそうなんだろうと頷く。

「それでな、本当ならお前をもっと柔軟に育てたいわけ。正直、端野は俺が今まで出会った中でも最高の才能だから。大事にしたいわな」

褒められている気がしないのは、ところどころに、ため息がおりこまれているからだろうか。

「けどなあ、やっぱり団体競技だからさ、しかも高校の三年間っていう限られた貴重な時間を使うわけだから、他の子たち、チームとしてのそれぞれも大事なわけよ」

深い、いっそう深いため息が立て続けにつかれる。

「昨日のあれでさえ、チームとしては、たくさんの犠牲を払っている。お前もお前以外のみんなも」

そうなのだろう。だけどそれは、凜が頼んだわけではない。

「それでも、お前は、欠片も壊れんかった。ちっとはへこんだようだが、自分でさっさとへこみも修正しとるし。それもゲーム中に」

そう言われても、どれがどれなのか、凜にはわからない。

「……っちゅうことで、これ以上、チームを犠牲にはできないわけなんだ。特に村上。あいつは、ものすごく伸び代があるだろう？　あれをできる限り伸ばしてやりたい。少なくとも、今いる場所から救ってやりたい」

救う?

「お前は、ダイヤモンド級に硬いことがもはや特性だから。しかも、ダイヤと違って欠けてもへこんでも、自分で治す力もある。けど、村上は違う。どっちかっていうと、そうとう病んだ結果として、へんに固まっちゃったんだろうし、今もかなり歪んでるよな」

凛は首を捻る。

変わってはいるが、歪んではいないだろう。

「あの不思議ちゃんキャラも、お前みたいに、ふつうに地で変ならいいんだが、あれは、無理して装ってるだろう?」

さっきから、そうとうな言われようだが、言い返す気にはならない。初めて見るといってもいいぐらい、成瀬先生はまじめな顔をしていたから。

「なんか、教師みたいですね」

たかが部活で、そこまで生徒に思い入れを持つなんて、むしろ感心する。

「俺は教師だよ。そのことを忘れたことはない。送球部の顧問である前に、一人の体育教師で、村上の担任だ」

へえ、成瀬先生は智里の担任だったのか。凛は初めて知った。だから、送球部への勧誘も凛よりずっと早かったわけか。

でも、それなら、智里には、教え子としての愛着もひとしおなのかもしれない。

「あの日な、体験入部の日さ、村上がお前に言っただろう？　自分の犠牲になってくれって」

　そういえば、そんなことを言っていた。

　凜としては、きっぱりお断りしたつもりだが。

「それ、俺からも頼むわ」

「はい？」

「お前が、もっと弱くて、せめて矢部ぐらいの繊細さを持ち合わせてくれてたら、早めにいっぺんぶっ壊して、もっと柔軟でしなやかに作り変えてやることもできたと思うんだが。お前は、もう、俺の手には負えん」

「はあ」

「だから、俺はもうお前を壊すことは諦めた。その代わり、土台を一緒になって支えて、さらに強化することにする」

「つまり？」

「今以上に強くなって欲しいってことだな。まあ、俺も老体に鞭打って、頑張るから」

　成瀬先生は頑張ればいい。でも凜は。

「その代わり、ヤバくなったり面倒になったら、いつでも、これを出せ」

　成瀬先生は、ポケットから、折りたたんだ紙を出し、それを凜の前に広げる。退部届だった。

「お前がこれを出したら、無条件で受け取る。けど、これを出さない限り、お前を踏み台にして、村上を、他のメンバーも、これから入ってくる未来のチームメイトも、みんなを端野の犠牲の上に育てる。だから、頼むな」

「はあ？」

「踏ん張ってくれ。壊れんじゃないぞ」

「壊れてくれたらって言ったり、壊れるなって言ったり。意味わかんないです」

成瀬先生は、ニヤッと笑った。

「わかってるだろう。お前はさ、わかってるよ」

そうかもしれない。

でも、わかっていないかもしれない。

「これほど強いお前が壊れたら、すべてが終わる。お前もチームも俺も。責任は俺がとることになるが、正直博打《ばくち》だし、とりきれる自信がない」

それは、とれないということでは？

「考えておきます」

凛はそう言って、成瀬先生の手から退部届を受け取り、背中のリュックをお腹にまわして、小さく折りたたんで定期入れに入れた。

まあ、絶望しろと言われるよりは、壊れないでいろ、と言われる方がましかもしれない、などと思いながら。

それより。

智里のあれが演技だとしたら？

成瀬先生はうさんくさいが、人を見る目はあるように思う。見通す目というか。

だとしたら、凜に何ができるのか？　やる意味があるのか。いや、やりたいのか。

やりたくないことに、力は注げない。

考えてもわからない。

とりあえず、凜は目の前の試合に集中することにした。

前半は、拮抗したいい展開だった。しかし、後半に入ると、じりじりと一方的な流れになった。

原因は、あまりに明らかだ。

体力の差。

前半のスピード感あふれる攻守の切り替えが、後半に響いたのか。

足が止まってきた方が劣勢になるのは、どんな競技でも同じ。

見ることで、すんなり納得できた。つまり、あざみ野高校に一番足りなかったのは、誰が、ということではなくチームとしての体力。

結果は、昨日凜たちが惜敗したチームとは別の、優勝候補筆頭のチームが、10点差をつけて優勝した。

感想としては、もし昨日の試合に勝っても、続いて行われた準決勝も、ましてや今日のこの優勝チームに勝つことは難しかったかもしれない、ということだ。

けれど、絶対に無理だった、とも思えない。意外なことに。

優勝校にも穴はあった。

ハンドボールでは、選手の交代が自由に何度でもできるため、攻撃と守備で、それ専門の選手を投入することも可能だ。

とはいえ、決められた交代ラインを通って、先に中の選手がコートを出たあと外から別の選手がコートの中に入るため、多少は時差によるほころびが出る。

優勝校は、基本、攻守の切り替わりに、選手を交代させる。それがこのチームの特色でもある。

その、攻守の入れ替え時に出るほころびを、相手の予想を大きくこえた、とびきりの速さで衝けば。

そう、たとえば智里のとんでもない走りや凜の肩で。

そして、全員が、ここに負けない持久力を身につければ。最後の最後まで、走り抜く気概とともに。

勝てる、と思う。

勝ちたい、と思った。

ハーフタイムの時には、まだ凜の隣で試合を観戦していたはずの成瀬先生は、気づけばいなかった。

試合終了後、帰り道で誰とも一緒にならないように、凜は、しばらく女子トイレの個室で時間を潰し、スマホの地図アプリを頼りに、一駅遠くの駅まで歩いて帰った。

智里から、何度か、「どこにいるのか？」とか「帰りに一緒になんか食べて行こうよ」とラインがきたが、既読にはせずスルーした。

返信に気持ちを向けるのがわずらわしかった。ただ、試合の印象だけを胸に頭に刻み付けて、家路をたどりたかった。

けれど、無視はしなかった。

夜、眠る前に、こう返信した。


ごめん、スマホを家に置きっぱなしで、今まで気づかなかった。

今日の試合は、色々勉強になった。一番は、明日から、頑張ろうって思えたことかな。

来年の夏は、もっといい場所で、決勝を一緒に味わえたらいいと、そう思ってる。


われながら嘘っぽい。ただし、全部が嘘ではない。

けれど、大半は、まだ自分の中に生まれたばかりで育ってはいない想いだ。

あえて、それを文字にして伝えたのは、自分自身と智里への暗示の意味がある。

凜は、帰りの電車でつらつら考えた末に、成瀬先生の言葉に乗ってみることにした。リスクはほとんどない。

責任は成瀬先生がとるようだし、嫌になったら退部届を出せばいいだけだ。中学の時のように、次の進路で内申の部活動欄を気にする必要もない。

だから、凜は、やると決めた。

智里はついてくるのか。凜を眺めて満足するのか。それとも、凜を追い抜くように駆け上がるのか。智里は未知数だ。

成瀬先生が言ったように、ラインの向こうの智里が装っている智里だとしても、それもまた智里の一部のはず。

うまく、つられて宣言すれば、智里もまた自己暗示にかかる。

強かろうが弱かろうが、暗示にかからない人はいないはず。


そっか。避けられてるのかと思って、ちょっとへこんでた。

よかった。私も頑張る。来年、再来年、もっともっとうまくなりたい。

でも、明日からは無理かも。

定期試験一週間前だから、練習禁止だよ？　自主練習のメニュー、もらったよね？

この返信では、暗示にかかってくれたのかどうかわからない。

あの智里が演技なら、ラインで顔の見えない今の智里は誰なのかもわからない。

まあ、これから何度だって、しかけていけばいい。コートの内側でも外側でも。人は、繰り返すことで変わっていく。自分も含めて。

すっかり忘れてた。

試験か。面倒な。

練習禁止とか、正直意味ない。どうせ、きっとここのメンバーは、メニュー以上の自主練するんだから。まとまって、短く仕上げた方が効率がいいのに。

じゃあ、それも含めて頑張ろう。

赤点とったら、試験期間明けも練習禁止だからね。

ふだんは教科書など教室のロッカーに入れたままだが、さすがに試験中は、凜だって勉強はする。内申をあげて指定校推薦で大学に行くのが、凜のもくろみだった。一年の成績なんてほとんどの生徒が気にしていない。けれど、推薦には一年の成績も影響するのだ。赤点など論外だ。

じゃあ、おやすみ。

うん、おやすみ。


試験明けの練習はきつい。

どうしたって、身体がなまっているから。

走っても、ストレッチをしても、筋トレに励んでも、一人でできることはしれている。

それに、ボールを持てない。

いっそ、買おうかと思ったが。ネットで確認すると結構な値段で、アルバイトもしていない凜の手には届かなかった。かといって、親にねだるのも難しい。

凜が、バスケットボールをやめてハンドボール部に入部したことを、父も母も快く思っていない。

凜の両親は高校のバスケットボール部で出会ったので、バスケットボールに想い入れが強い。そもそもそれもあって、小学生だった凜と妹の奈津をミニバスケットのチームに入れた。

父も母も、凜が高校に行ってもバスケットボール部に入るものだと、信じて疑っていなかった。

だからこそ、志望校のランクを下げてバスケットボールで全国に行ったことのあるこの高校を、凜が選んだと思っていた。

部活はしない、と宣言した時、二人は黙り込んだ。そして、何度も理由を訊いてきた。もう嫌いになったから。バスケも、チームも。

少し大げさにそう言った凜に、父は根性がないと言い、母は、ただ心配そうな顔で何も言わなかった。

それなのに、唐突にハンドボール部に入ったことに、両親がとまどいや怒りを覚えるのは仕方がない。ハンドボールがどうこうというより、バスケットボールを捨てた凜が許せないのだろう。

凜自身が、むりやり引っ張り込まれ、未だその魅力を伝える言葉も気持ちも持たない状態では、説得のしようもない。

しばらく隠しておこうかとも思ったが、強引な勧誘だったとはいえ入部した以上、部費は払わないといけない。出番がなくても試合には同行しなければならない。そうなると、最低限、交通費はかかる。

高校に入学したばかり、いずれバイトは探そうと思っていたが、今となってはそれも難しい。

部活を始めれば、時間的に、アルバイトはままならない。どうしたって、お金のことは親に頼むしかない。

それでも母は、結局、さほど文句も言わずそういったものを援助してくれているのだから、ありがたいと思う。

父とは冷戦状態で、ほとんど言葉も交わさなくなった。

父は、今でも社会人サークルでバスケットボールを続けている人だから、バスケットボール愛が強いのだろう。その分、裏切り者の凜への風当たりは強くなる。バスケットボールに熱中している妹に、極端に優しくなったのも仕方ない。

いつか、今以上に説得力のある何かを持てば、父とも向き合おうとは思っている。その前に、凜自身がハンドボールから離れるかもしれないけれど。


怪我のリスクを小さくし、明日の筋肉痛をできるかぎり緩和するため、最初と最後のストレッチは念入りにやった。

筋肉痛がひどければ、明日の練習にひびく。

はやく、元のリズムを取り戻すには、少し焦れるくらいの練習から入る方が、結局は早道なのだということを、凜は、このチームに入って知った。

引退した三年の先輩も、何人かは参加している。

一緒にすべてをこなすわけでなく、コーチ的な立場で、凜たちを指導している。

特に、矢部先輩は、次の正キーパー候補の水野先輩につきっきりだ。

成瀬先生は、今日は会議とかでコートにその姿はない。代わりに男子ハンドボール部顧問の濱田先生が、男子と一緒に女子の練習を見ている。

ミニゲームは、それもあって、女子対男子で行った。

凜は、新しい主将に選ばれた畑中先輩の指示でセンターに入った。

智里は右サイドだ。

後は二年生ばかり。左バックには、中学からの経験者の宇多先輩、右バックには凜と同じ長身の安東先輩、彼女も経験者だ。ポストには身長は低いが身体が柔軟で俊敏性もある麻木先輩、そしてキーパーは水野先輩。ちなみに畑中先輩は、前チームの時と同じ、左サイドだ。

メンバーもポジションも、すべて、成瀬先生が選んだ。

それぞれに、なるほどというポジショニングだが、今までのレギュラー陣に比べれば、畑中先輩以外なにもかもが劣っている。

特に凜だ。

てっきりキーパーかと覚悟していたのに、いきなりセンター。

それまで、左利きが有利な右バックや右サイドは何度か経験してきたが、まさかセンターだなんて。

センターはいわゆるコートの司令塔だ。技術、体力、体格などのスペックのバランスの良さと、それ以外にも判断力や瞬時に変わっていくゲームの流れを的確にとらえ、その先を想像する力も必要だ。

つまり、頭の良さも重要視されるポジションだ。

正直、凜にそれを要求されても困る。生まれてからこの方、スタイルいいよねとは言われても、頭がいいね、と言われたこともなければ自覚したこともない。

考えることは好きだが、結果がきっちり出た経験もほとんどない。

おそらくこれは、一つずつポジションを経験させることで、向き不向きを本人に自覚させようということだろう、と勝手に判断し、凜はセンターのポジションにつく。

女子のスローオフでゲームは始まった。

あざみ野高校の男子は、レベル的には中の上、県のベスト16に食い込めるかどうか微妙な戦力、というところだ。

特に新レギュラーは、八割がハンドボール初心者だから、技術レベルが低い。

しかし、今年のレギュラー陣は体格には恵まれている。

平均身長が178㎝。180㎝を超える選手が三人もいる。やはり強豪のバスケットボール部や春高バレー常連のバレー部に、よくぞとられなかったものだと思う。

真偽のほどはわからないが、噂によれば、凜と同じ一年の女子、忍野《おしの》マキのおかげらしい。

彼女は、凜ほどではないが165㎝とやはり長身で、その上読者モデルに何度も誘われるほどのキュートな美人。感心するほど腰の位置が高い、抜群のスタイルの持ち主だ。凜もスタイルがいいと言われることもあるが、忍野マキとは比べものにならない。

忍野を白の姫、凜を黒の魔女と評したのは、智里だ。

なにを好きこのんでこんなマイナー球技にいそしんでいるのか、一度、面と向かって訊いてみたい。

中学からの経験者なので、技術的にもかなりレベルは高い。レギュラーに定着できないのは、完璧な外見にそぐわないにも程がある、というくらい気が弱すぎるからだろう。

威圧感にすこぶる弱く、相手の視線ひとつで動作をとめてしまい、たびたびスペースを提供してしまう。

それさえなければ、今日にでもレギュラー入りは間違いない。

ポジションは、噂によれば才色兼備で頭もすこぶるいいらしいので、今日、凜が指示されたこのセンターバックが合っていると思う。が、今は、コート脇で凜たちを見守っている。

心なしか、そのせいで、男子の気合も十分だ。

忍野がいなくても、凜と安東先輩がいれば、比較的女子では長身のチームになるはずだが、はるかにそれを上回る長身揃いの男子のディフェンスは、さすがに威圧感がある。

当然、上からの攻撃はほぼ無理だ。

だとすれば、足元を抜くしかないのだが、新しくポストに定着した麻木先輩も、男子のパワーに当たり負けをしていて自由に動けていない。

初心者に近い凛に、チームをうまくまわす戦術はほとんどない。とりあえず、身体能力を活かし、自ら攻撃するしかない。

ボールをまわし、ポジションを入れ替えながら凛は右バックに移動する。

左利きの得意なポジションだからというわけではない。そこが、一番高さのない場所だったからだ。

不意打ちのように、ミドルシュートを放つ。前に、というよりはバスケットボールのように上に、少しでも相手のリズムを崩したくて、ワンステップでできるだけ高く跳んだ。

キーパーと目が合った。

空いている右上のスペースに視線で誘ってから、左下にシュートを打ち込んだ。そんな簡単すぎるフェイクは読まれていたようだが、運よく、バウンドで角度が変わり、1点を得た。

上に跳んだことでわかったことがある。

ディフェンスの後ろに、かなりスペースができることを。

陣地に戻りながら、ポストの麻木先輩に耳打ちする。ディフェンスの後ろ側にブロックをかけてスペースを作れないかと。

体格は違うがお尻と背中を使えば、女子に遠慮して一度や二度ならできるかも、と麻木先輩はニヤッと笑った。この人のしたたかさは、同じコートに入ることでわかる。ふだんは、とても物静かだから。

凜に9メートルラインからシュートを決められた、その印象が消えないうちなら、ディフェンスは、凜を警戒して前に出てくるはずだ。

とりあえず、次のチャンスで試してみよう、と目と目で暗黙の了解が成立した。

なにはともあれ、今の課題は、ディフェンスだ。

圧倒的な体格の差は、オフェンスよりディフェンス時に、よりいっそう過酷さを増す。

こうも体格差があると、壁であるべきディフェンスは、ちょっとした障害物程度にしかならない。当然、高さを利用して男子はシュートを打ち込んでくるはず。

通常、今のチームの守りは、ゴールラインに沿って一線に並ぶ、6：0ディフェンスをとっている。

畑中先輩は、できるかぎり早めに前にでてプレッシャーをかけるように指示を出した。

高さ対策のために、5：1で守ることもありかと思ったが、その場合、おそらく、前に出てバックプレーヤーの動きをチェックするトップディフェンスは凜になるはずだ。

チーム一の長身で、視野が広いおかげで、相手の動きを読むことに長けているからだ。

しかし、このシステムでは、前と後ろの連係がとても重要だ。連係がくずれた瞬間に、相手に1点を献上するはめになる。いまだなにもかもが手探りのチームでは、リスクが高すぎるかもしれない。

畑中先輩の指示通り、いつもより早く前につめることに集中するしかない。

こちらがタイミングよく前につめれば、シューターは内側に踏み込んでくることができず、無理をして突っ込んでくれれば、スピードを犠牲にすることになる。

さほど難しくもないこの理屈は、すぐにわかる。しかし、実践するとなれば、それはまた別問題だ。

前につめたはいいが、適切なカバーができず、あっさり左バックから切りこまれ、さっそく1点を返された。

今のはさぁ、端野がカバーしなきゃ、と畑中先輩に耳打ちされる。

確かに、相手のセンターの動きにつられすぎて、マークを交代すべき瞬間を逃した。

こういうのは、やられた、という痛みと身体をリンクさせて覚えていくしかない。

そのための練習だ。

切り替えて、球を手にセンターラインに走る。

スローオフ。

凜から右バックの安東先輩に、そして左バックの宇多先輩へ、フローターでパスをつなぎながら、相手の陣地へ攻め込んでいく。

あきらかに、ディフェンスは凜の動きを警戒している。ポストの麻木先輩と視線で頷き合う。チャンスがあれば試そうと。

サイドから、勢いよく智里が中央に走りこんできた。その群を抜いた速さにつられて麻木先輩をマークしていた選手が一歩前に出る。その隙に麻木先輩が背中でブロックをかけ、ライン際に使えるスペースがわずかだが空いた。そこに、背の高い相手をかわすようにワけたまま、片手で球をつかみそのままシュートを打った。

ンバウンドでパスを出す。麻木先輩はぎりぎりまでキュートなお尻を武器にブロックをか
きれいな1点だった。

麻木先輩に遠慮した男子の小さな舌打ちが聞こえた。

さっきの凜と同じだ。彼も、自らの失態をこうやって心身に刻み付けていく。

だから、同じ手は使えない。

次はまた別のゆさぶりでスペースをつくるしかない。

ゲームは、体格の壁に阻まれ、1点をとり2点とられ、1点を返し、3点をとられと、
次第に点差がついていった。

どこかで流れをこちらに、せめて互角に戻したい。

できれば、速攻がいい。

相手のミスを誘うしかない。しかしどうやって？

凜は、畑中先輩に耳打ちした。忍野マキを誰かと交代させるように、なんなら自分でも
いいかもしれないと。

畑中先輩は、にんまり頷いた。

右バックの安東先輩と忍野を交代させ、その忍野にセンターを任せ、凜は右バックに
回った。

二言、三言、畑中先輩は、忍野に何かを言い含めている。

忍野は、一瞬、眉根を寄せたが、すぐに頷いた。

球を回しながら、全員でチャンスを窺う。

忍野がディフェンスにグイッと切り込んでいく。学校一のマドンナに、男子は、今までのように当たってはこない。忍野は不本意だろうが、それを利用しないほど愚かではない。右バックの凜のために十分なスペースを、ポストの麻木先輩とともに提供してくれた。

凜は、悠々とシュートを決めた。

問題は、次だ。

男子の攻撃をどう食い止めるか。ここの男子は、よその女子のように、忍野を威圧的に攻撃はしてこない。だから、あと一回ぐらいなら、有効かもしれない。マドンナ効力は。

忍野は自覚があるのかないのか、いつもより、積極的に前につめている。逆に男子は及び腰だ。

気の弱い忍野も、自分に対して威圧してこないものには、実力通りの力が出せるらしい。

うまい具合に力を削がれた球を、水野先輩が正面でとらえた。

凜はゆっくり走りながらすばやく手を挙げる。水野先輩はわかっていたように球を送ってくれた。

視線を前に送れば、すでに智里はゴール前に到達している。

そこへ、カットされないよう、凜は思い切ってスピードにのせて球を送った。

さすがに、智里ももう慌てたりはしない。

スピードにのったまま、やや左サイドに近い場所から、ゴールに自分自身も飛び込むようにシュートを右下に決めた。

なるほど。

だから、送球。

気持ちがいい。こんなふうに、球が自分で意志を持っているように、その意志によりそうように、仲間の手から手へ球が送られていくことが、この競技の醍醐味なのか。

そして、初めて実感する。

バスケットボールのように、2点でもなく、スリーポイントシュートもなく、ただただ1点を積み重ねていくしかないこの競技の魅力を。

だからこその喜びが、ここにある。

濱田先生が、笛を鳴らす。

審判なのに、男子に向かって叫んでいる。

「お前ら、女子にへらへらして、いいようにあしらわれてるんじゃないよ」

凜たちは、苦笑いを浮かべながら、自陣に戻る。

もう、せこい手は使えないね、麻木先輩が耳打ちをしていく。

守りにはいった凜の目にも、顔つきの変わった男子たちが映る。

忍野は、すでにビビっているのか、身体が強張っている。

「怖くなんかないよ。優しくはないだろうけど。どっかで間合いは外せるって」

直後にその美貌でうっすら笑えば、まだまだ効果的かもしれない。口にはしないけど。

ディフェンスの基本は、駆け引きの中、相手の間合いを外すことでプレーの流れをこちらのペースにすることだ。打たれるのではなく、打たせる。

もっとも、成功率はさほど高くない。三割もいけばいいほうだろうか。

だけど、ハンドボールでは、その後ろにキーパーがいる。二段階の守備だからこそ、連係が必要だ。

「私、いっつも外されるほうだから」

いきなりは無理だ。積み重ねの上にそれはやってくる。大事なのは。

「ミスをしないでいればね、チャンスは来る」

視線や身体を使ってのフェイント、素早いパス回しなど、間合いを外す方法は色々あるだろうが、ポイントは、その際に、パスミス、キャッチミスをしないことだ。ミスさえしなければ、いずれは、どこかでこちらのペースになる。

これは、バスケットボールで凜が学んだことだが、ハンドボールでも同じだろう。

いや、ファウルの緩さを考えれば、ミスの有無が、いっそう間合いをコントロールし、流れを左右するはずだ。

スピードにのって、男子がやってくる。

やっぱ、でかいな。それが凜の正直な実感だ。

壁がドンドンと走りこんでくるようだ。

さっさと前に出ないうちに、ジャンプシュートを相手の間合いで打たれたら、防ぎようもない。

凜は、相手の点取り屋、左バックに球がわたったタイミングでグッと前に出る。

すぐに球はセンターに戻り、そこから今度は右バックへ。

敵のポストには、忍野がついている。

凜がほんの一瞬、視線をポストに向けたその瞬間、右バックの彼は、その場で、両足で跳びあがる。

高い。見上げるほどに、すごく高い。

そういえば、この人、バレー部出身だ。とりあえず凜も両手を上げて跳ぶ。利き腕の右腕をつぶすように。

何度も繰り返し、この練習をさせられている。凜がわずかでもつぶしたコース以外を水野先輩が守る。しかし、あまりにも打点が高すぎた。球は、鋭い角度でゴールの右下に突き刺さった。

見事だ。

だけど、感心してはいられない。お返しをしなくては。

水野先輩から球を受けとり、凜はセンターラインに戻る。片足をラインにのせ、審判の笛を待つ。

笛とともに、フローターで球を回しながら、相手陣地にすばやく移動する。

スピードに乗ったところで、凜は視線で智里をよぶ。

それに応え、すぐに智里がサイドから上がってくる。パスを通した後、凜は智里のいた右サイドに移動する。智里は、球を左バックの宇多先輩にまわす。ここまでは練習で何度も繰り返している。こちらの手の内もわかり身長差があるせいか、男子はさほど前に出てこない。そうなると、裏のスペースは使いづらい。

だとすれば、左サイドから攻めるか。

智里はまだまだだけど、畑中先輩は、角度のない場所からのサイドシュートも得意だ。

うまくいくかどうかは五分五分だ。

連係には、運動能力もさることながら、高度なチームワークのほうが重要だから。

ただし、団体競技において、チームワークとはいわゆる信頼関係のことではない、と凜は思っている。それもあったほうがいいのだろうが、なくてもどうということはない。

あの人がこう動くから、自分はこう動くのがベスト、という判断とそれをこなす技術力がチームワークの要だ。

新しいチームになって間がないこのチームには、それがほとんどない。まだ、信頼関係、というか仲間意識のほうがあるくらいだ。

しかし、そのために今、練習をしているわけだから。

中央から、敵味方の配置を見て、凜はベストのシミュレーションを頭に描きながら動き出す。センターとしての凜に、誰がどこまでついてきてくれるのか。

左サイドのスペースを空けるため、凜はもう一度センターへ戻り、宇多先輩からのパスを受け、麻木先輩に視線を向ける。

麻木先輩のポストシュートが一度鮮やかに決まっているので、ディフェンスが警戒モードになる。その瞬間、凜は、球を宇多先輩に戻す。そして宇多先輩を経由してサイドの畑中先輩へ。その間にも凜はおとりになるよう、バックステップでディフェンスをかきまわす。

畑中先輩がサイドから飛び込む。得意のスピンシュートだ。

けれど、キーパーも同じ二年の男子。畑中先輩の十八番《おはこ》は十分承知だ。コースを読んでいたのか、すぐに反応する。

そして、左足一本でそれを止めた。

すぐに相手の速攻。

自陣に戻っていたのは智里だけ。智里は男子のパワープレーに、わかりやすく逃げ腰で、あっという間に脇を抜かれる。

そして、両手両足を広げた水野先輩の股下を通って、球はゴールに吸い込まれていった。

それからも、凜たちは、高さに有効だと思われる攻撃をいくつかためしたが、成功率は三割から四割というところか。

ただ成果はあった。

忍野の美貌を使っての攻撃は、完全に色物だったけれど、どんな手でも、ルールに反しない限り勝つためにならやるのだと、そういうチームだということが、それぞれにわかった。

生まれたばかりの新チームの課題は、連動性の低さの克服と、シュートへの執着心強化。

それをふまえて、あざみ野高校女子送球部は、八月の頭、夏合宿に突入した。

合宿といっても、避暑地に行くわけでもなく、冷房のひとつもない、蚊とゴキブリだらけの教室での寝泊まりだ。

シャワーもほぼ水。日中はそれでも、日光の力でほんのり温かみもあるが、夏とはいえ、夜はかなり厳しい。

それでも部員のテンションが上がるのは、ひとえに、体育館が使えるからだ。

そもそも、ハンドボールは室内競技だ。

もっとも、公式戦でも、最初のうちはグラウンドを使用することが多い。

それを凌いで大会を勝ち進んでいけば、準々決勝あたりからは体育館で行われる。

つまり、上位に進出し勝ち抜こうと思えば、床の上でプレーすることに慣れておく必要がある。

床の上だからこそできるプレーも多い。

特に、床ならではのシュートの技術的な会得は、グラウンドではできない。怪我のリスクが高すぎるからだ。

夏合宿中の四日間、誰にも邪魔されず、体育館は送球部のもの。

とはいえ、ゲーム形式の練習以外は、男子と女子で体育館を半分にわけての使用となる。

朝、七時集合。学校の周囲をランニングの後、朝食をとる。

マネージャーの高橋《たかはし》先輩と馬淵《まぶち》がコンビニで買ってきたサンドイッチやおにぎりだが、文句などない。

高橋先輩は、とてもしっかりした、同期にも姐《ねえ》さんと呼ばれているマネージャーだ。

競技の経験はなく、畑中先輩ととても仲がいいので、初めからマネージャーとして入部してきているそうだ。

凜の代にも馬淵というマネージャーがいて、二人はすでに名コンビとして、部をとりしきっている。

凜にかぎっていえば、いつもと同じ朝食だ。

店の準備で忙しい両親のもと、朝食は、いつだって買ってきた菓子パンやおにぎり。気が向けば自分で目玉焼きぐらいは焼くし果物があればかじるが、その程度だ。

それでも、結構すくすく育ったのだから、どうってことはない、と凜は思っている。

けれど、そうでない部員もいる。

毎朝、アスリートにふさわしい、栄養のバランスを考えた食事を母親が作ってくれるという宇多先輩は、出来合いのサンドイッチを修行僧のように無表情で咀嚼していた。

「宇多、そんな顔で飯を食うんじゃない。他のやつらもまずくなる」

「でも先生、美味しくないです」

いやいや、最近のコンビニ飯はあなどれないけど、と凜は思うが口にはしない。

「昼はさ、うちのかみさんと娘がきて、もう少しましなもの作ってくれるから」

宇多先輩の顔が、突然ほころぶ。

「やったあ。焼きそばがいいな。去年のあの野菜たっぷりの焼きそば、たまらん美味しかったです」

「メニューはおまかせだからわからんが、まあ、それなりに美味いだろうよ」

「夜もですか？　だったら、カレーですかねえ」

麻木先輩も嬉しそうだ。

「夜は、『茜《あかね》や』に決まってるじゃない。メニューにカレーもあるよ」

畑中先輩が笑う。

「茜や」というのは学校のすぐ近くにある定食屋で、仕事帰りのお酒のお客さんが少ない七時半まで、男女の送球部でその一角を借り切っている。

合宿中の夕食はすべてそこでお世話になることになっている。毎年のことで、他の運動部もほとんどはそうなので、「茜や」のほうも、お腹をすかせた体育会系高校生の扱いに慣れているらしい。

「でも先生の奥さんのカレー、めっちゃウマですよ」

麻木先輩は、それでも名残惜しそうだ。

「たった二人で三十人以上の食事を作るのよ。日に一食でもありがたくて涙がでるわ」

安東先輩が、なぐさめるように言う。

「あ、それな。今年は四人さ。村上のお袋さんとお姉さんが手伝いに来てくれるとさ」

「うそ」

智里が、手に持っていたパンを放り出す。

「聞いとらんのか？」

コクコクと智里が首をたてに振る。

「合宿の日程表を見て、連絡をくださったんだ。ちょうどなんの用事もないから、食事の手伝いをさせてほしいと。夜は『茜や』にもう予約を入れた後だったから、それなら、昼を一緒に作ってもらおうかってことになって」

「最悪」

智里が項垂《うなだ》れる。

「なんで？」

忍野が訊く。

「だって、見られちゃうもん。私が練習してるとこ」

「いいじゃない。智里は足も速いし、格好いいとこ見せてあげれば」

「部活やめろって言われるかもです。怪我するからとか言って。うちの家族って超過保護なんです。母も姉も後遺症なんですけど。いじめられてた時の私が、いつ死んじゃうかってずっとビクビクしてたから」

智里がいじめられっ子だったことは、部活の中では周知の事実だ。

多くはないが少しはいる、智里と同じ小学校や中学校だった子たちから、それとなく噂を耳にしたようだ。

といっても、あんなに太っていたのにやせて可愛くなったとか、いじめられなくなってよかったとか、こんなに運動が得意なんて嘘みたいという、さほど悪意のない噂が大半だ。

「いいじゃん、たくましくなったところ見せてあげれば。ある意味、今もいじめたおされてるし、端野に。そんでも、ぜんぜんへこたれないしね」

畑中先輩が、私、今、うまいことを言ったよね、というふうに得意げな顔をする。

「いじめてませんから」

ごちそうさま、の後にそう言って凜は席を立つ。

「智里へのパスだけ、手加減がないし。智里がシュート失敗すると、チッて舌打ちして睨んでるじゃん」

宇多先輩が言う。

「それは、期待してるからです。ポテンシャルの高さに見合う努力をして欲しくて」

「同じ新入部員なのに、すっごい上から目線。しかも、それなら何？　他の部員には期待してないってこと？」

宇多先輩が、さらに鼻にしわを寄せてそう言う。

凛は、上の場合にのみ、上からものを言ってるだけだ。それを悪いとは思っていない。

「他のみなさんは、努力の方向や仕方をご存じですから。やる、やらないはご本人のモチベーション次第ってことで」

「やっぱり勝手にやってくれってことね」

宇多先輩が、今度は心から嫌そうに言う。

「智里は、その方向をすぐに見失うから。間違って突き進まれると、面倒じゃないですか。うちって、今、そんな余裕ないですよね？」

宇多先輩のどんな嫌みも、もはや凛にとっては日常すぎて、気にもならない。

「端野さ、あんた、凄いよ。ハンド始めてたった三か月で、もう技術、メンタルで部のトップクラスに君臨してさ。おまけにものおじしないで、なんだってずけずけ言う」

そのとおりだ。

それが何か悪いのか。

「ほんと、嫌な感じ。できちゃうからね、できてごめんね、そういうところ。一番ムカつくし」

宇多先輩が、言葉の勢いのままに憎々しげに菓子パンに齧りつく。

この人は辛辣だが、陰でこそこそ悪口を言ったりはしない。言う時は、いつも凛の真正面から。

だから、さほどムカつかないし、そんなしぐさも、悪口を言われ慣れている凜にすれば、ちょっとかわいいかも、とまで思う。

「そういうのって逆に、こっちも負けないぞって気になるでしょう?」

宇多先輩が凜に対してケンカ腰になることに、部のみんなは慣れっこなので、特に、とがめたり止めたりする人はいない。主将である畑中先輩をのぞいて。

多かれ少なかれ宇多先輩のように思っている人もいるのだろうし、凜がそのことをたいして気にしていないことをわかっているからでもある。

「そりゃあ、ウインウインやがな。いうことなしや」

成瀬先生が、覚えたてのカタカナを並べ、得意げに笑う。

しかし、この人は、神奈川生まれの神奈川育ちと聞いているが、どうして、こう訛りや方言が多いのか。

一番、多いのが似非関西弁。かなわんなあ、ほんまかいな、あかんがな、などを多用する。微妙にすっきりしないイントネーションで。

嫌いじゃない。尊敬もできる。でもウザい、そして時々意味不明、それが今の凜の成瀬先生に対する正直な感情だ。

すべての部員が朝食を食べ終え、体育館に向かう。

念入りにストレッチを行った後、再びランニングに出る。朝食の前に走った倍を走るらしい。距離だけじゃない、スピードもだ。

結局、ハンドボールの基本は走力。それも、最後まで、いつでもトップスピードで走り抜けることができる走力だ。

キーパーはどうかわからないが、今のところ凜は、あの公式戦での一試合を除いて、ずっとコートプレーヤーとして使われている。

だから、そのつもりで練習に取り組むしかない。

それに、キーパーだからといって、走力が重要でないはずもない。走るということは、体力、俊敏性、跳躍を強化させる。

などと自分に言い聞かせてもみるが、本当は、理由なんてどうでもいい。

凜は走ることが好きだ。

自分を強くできる、一番手っ取り早い方法だと思っている。

どれほど技術を磨いても、最後の笛が鳴る瞬間までやり抜く体力がなければ意味がない。

他のスポーツでもそこは似たり寄ったりだろうが、凜の実感では、ハンドボールは、バスケットボールよりもいっそうそれが要求される。

足が止まった時点で、敗戦が決まる。

なぜなら、どんなスーパープレーも1点ずつの積み重ねにしかならないからだ。

スリーポイントシュートの得意だった凜にすれば、ここで3点を加えることができれば、と何度も思う場面がある。けれど、ないから、三度、同じ厳しさに耐えなければならない。

それが辛い。だけど、そこがいい。

私、マゾなのかな、と凜は最近そう思う。

ここに入ってから、辛ければ辛いほど喜びを感じる。

厳しい局面にこそ、望みが見える。

スピードのギアを上げる。

心臓が爆発しそうだ。

でも、そのおかげで宇多先輩を抜いた。初めてだ。そして、麻木先輩の横に並んだ。

ああ、辛い。足がうまく上がってこない。

でも隣の先輩も辛そうだ。それでも、スピードが落ちない。むしろ少しずつ速くなっていく。

どうして？　どこが違う？

あと、一周。

畑中先輩の背中からは引き離されるばかり。

短距離なら絶対に負けない。それなのに。

なんて考えていたら、宇多先輩に抜き返された。

その瞬間、フンッと鼻で笑われた。

朝の嫌みの何倍も悔しいが、気力だけでは、どうにも追いつけない。

おまけに、無理をしすぎたのか、そう走りが得意そうに見えない他の先輩たちにもズルズルと抜かれていく。

そして、これが、1点ずつの積み重ねに耐え抜いている人たちの体力だと実感する。

努力は才能を凌駕するらしい、とここへきて初めて知った。

ただし、ただの努力ではだめだ。途方もない努力でないと。

日々の練習のランニングでさえ、他の部活の人たちが、あいつらバカだろう、あんな走ってばっかでさ、と笑っているのも知っている。

凜たちは、春高に出ている男子バレー部よりたくさん走っている。陸上部の長距離の選手たちと同じ程度だ。

成瀬先生は、だけど、まだ不満そうだ。

もっと長く、そして速く走れと言う。陸上部なんかに負けるなと。

むちゃくちゃだ。

どんだけ辛いかわかってんのか。

この速度で十キロとか、マラソン選手じゃないんだからね。

いやもう、十キロマラソンなら上位入賞だわ。

みんな文句は言う。

でも、誰もリタイアしない。

夏前に、リタイアしそうな新入部員はすでにやめている。

夏に入ってこのチームに残っているメンバーは、辛いことが悦びに変わる瞬間が何度かあると知っている。

一段ずつ上っていた階段を三段跳びで上ったような感覚とともに。ここの仲間はみんな知っている。新参者の凜たちも含めて。

初っ端の朝のランニングを終えて、凜の夏合宿での目標は、最終日、ランニングをトップで終えることに決めた。

どんな高度な技術の会得でもない。

まずはそこからだ、と思った。

ミニバスケットボール、バスケットボールと幼い頃から競技を続けてきたが、なまじ群を抜いて技術が優れていたせいで、チームのレベルが低かったせいもあり、凜は、走りの本当の重要性に気づいていなかった。

今さらとはいえ、それに気づいたのだから、文句などない。ひたすら走り、基礎トレに励み、体幹を鍛える。

ただ、切なくはある。

午前中は、球を持って練習を始めた二年生たちと違い、一年は、球にさえ触れられない。

その間も、基礎トレだ。せっかくの体育館なのに。

おまけに、昼食をはさんで、いきなり昼寝と言われる。

はあ？　と目をむく凜に、先輩たちは、二時間ばっちり寝ないと、後がつらいよと笑う。

まあ、連日猛暑の続く中、一日で一番暑い時間帯を休憩に費やすのは悪い事ではないのかもしれない、と自分に言い聞かせながら、凜は先輩たちに倣う。ただし、本当に眠ることはできない。比較的涼しい場所で、横になって、身体を休めたというだけ。

昼寝タイムが終わり、ようやく一年も球に触れられると思ったら、バスケットボールをやります、と畑中先輩が言う。

「ただし、球はハンドボールで、三歩までOKね。そんでどっから入れても1点」

それ、バスケじゃないし、とは思うが練習の意図はわかる。

昼寝で緩んだ身体をゆっくり温め、球へのハンドリングをよくするためだろう。

そして、一番の目的は、おそらく、みんなの気持ちをほぐすこと。

他の競技をやることで、真剣に取り組んだとしても、そこにはちょっとした遊びの要素が入る。

だから、心身がリラックスできる。

バスケットボールもどきのゲームは、凜の独壇場だった。

たとえボールの大きさや重さが違っても、どんな弧を描けばあのリングの中に球が吸い込まれていくのかを誰より知っているのは凜だから、当然といえば当然。

意外だったのは、他のメンバーも、それなりにうまいことか。

ただし、智里はひどい。

何度かフリーで球を渡したのに、リングをかすめもしない。肩が弱いとは思っていたが、ここまでへっぽこだと笑うのも憚られる。

凜は、首を傾げる。

あれほどのポテンシャルを持ちながら、どうして、それを引き出すことができないのか。最初は仕方ないと思った。でも、もう三か月以上が過ぎた。そろそろ、走り以外のことでもその片鱗を見せてもいい頃だろう。

そういえば、先日、近所の体育館で小学生のハンドボールの大会があると聞いて、少し覗いてみた。

目を惹く少年がいた。とにかく、動きが速くばねがある。

総得点28点のうち、21点をその子が叩きだしていた。

ちょうど凜の近くにその子の関係者がいたらしく、あの子はね、始めてまだ一年にもならないんですよ、と自慢していた。すでに神奈川の代表にも選ばれているとか。

まあ、マイナースポーツだから競技人口も少ないのだろうが、それでも、凄い話だ。速さに限って言えば、その少年と同じか、いやそれ以上のポテンシャルが智里にはあるのに。

あの走りができるということは、瞬発力や跳躍力もそれなりにあるということ。多少の肩の弱さを、それで補うことができるはずだ。

イライラして、怒鳴りたくなる。けれど堪えた。

宇多先輩が、ほうらイジメがはじまるよ、と凜のキリキリした顔を見て、笑いながら言ったから。

そして、成瀬先生がこう言ったからだ。

「村上、お前は、別メニューで、小西につけ」

小西さんは、成瀬先生の教え子で、プロのトレーナーだ。月に二度、ストレッチや体幹を鍛えるメニューの指導などでお世話になっているが、合宿中は、教室で寝泊まりこそしないが、練習時間中はずっとチームに付き添ってくれている。

その小西さんに智里をつけたということは、智里のポテンシャルを引き出すには、体力を増強することと、身体の使い方を覚えることが必要だと、先生もそう思っているということだ。

心身が温まりほぐれたところで、智里とあと二人が小西さんに預けられ、それ以外の全員が、また、基礎練習を始める。

三歩ダッシュ、五歩ダッシュ、ハーフコートダッシュ、フルコートダッシュ、一分走、フットワークリレー。

窓も扉も全開だ。カーテンの揺らぎをみれば、多少は風もある。

しかしそれがまったく感じられないほど、暑い、そして辛い。

今すぐ、床に寝転んで、氷をあちらこちらに当てて、大の字になりたい。

一番なんてどうでもいい。そう思いながらもリタイアはできない。意志に関係なく、身体は動く。

水分はいつでも好きな時にとれる。とらない者は、強制的にとらされる。

成瀬先生やマネージャーの高橋先輩がもう限界だと思ったら、名前を呼ばれ、水分補給だけでなく休憩もとらされる。本人の意志に関係なく。

凜も名を呼ばれ、成瀬先生に、少し休めと言われた。

不本意だった。

これぐらいのことで、私はまだ大丈夫だと目で訴えると、先生は笑った。

「負けん気が強いのはいいけどな、まだお前じゃ、ここの夏練をトップグループでこなすのは無理だ。ポテンシャルだけじゃ、やっぱり無理なんだよ」

成瀬先生は、凜の足を指す。

見れば、太腿のあたりがひどく痙攣していた。初めての経験だった。痙攣していることにも気づかないなんて。

「水分もたっぷりとって、身体も冷やせ。熱中症一歩手前だろう？」

言われて気づく、たぶんそうなんだろう。そうだということに気づいていなかったのだから。

不承不承、風通しのいい場所で、氷でうなじを冷やしながら、視線をぐるっと一周させる。

凜より先に休憩させられていたらしい数人が、成瀬先生の許可を得て、チームに戻る姿が目に入る。全員が一年生だ。

ポテンシャルだけじゃね、などと上から目線でいつも智里を見ていた自分を、凜は嗤う。

正直、この夏の合宿に突入するまで、凜はわかっていなかった。

一年、このチームに先にいる人たちの、積み重ねた一歩一歩の重みを。

今日、身をもって知った。このチームでは、凜もまた、ポテンシャルだけの存在だということを。

夏合宿初日のその日までそれがわからなかったのは、一度も、このチームの一員として最初から最後までゲームに参加したことがなかったからかもしれない。

井の中の蛙《かわず》大海を知らず。

まったく、笑えない、と凜はスポーツタオルで顔を覆った。

「端野、戻っていいぞ」

成瀬先生の声がかかる。

うながされるまま、再度十分に水分を補給し、立ち上がりコートに戻る。

二年生たちは、誰ひとりとして、休憩を命じられない。自分の判断で、時おり水分補給をする程度だ。

成瀬先生に入れかわり立ちかわり名を呼ばれるのは、一年生ばかりだ。

智里以外は、ハンドボールかそれ以外のスポーツ経験者だ。

しかし、中学で何をどれほど経験しようが、このチームの一年とは重みが違う、ということが、このことでよくわかる。

淡々と進められていくメニューに、凜はなんとかしがみつく。

二度も三度も名を呼ばれるのは嫌だ。水分の補給に注意をはらいながら、凜は、懸命に足を動かした。

次に、球を持たずに三対三のコンビネーション。

その後で、ようやく、球をもう一度手にすることができた。

とはいえ、パス、シュート、球を持ってのコンビネーション、と日々の基礎的な練習を繰り返すだけ。

もしや、このまま一日目が終わるのか？　体育館の古い時計は、午後六時。

成瀬先生が手を挙げる。

集合らしい。

「三十分で支度して、六時半に夕食だ」

やはりこれで終わりらしい。

確かにものすごい量の基礎練習だったけど、気持ちは、どうしたって物足りない。

せっかくの体育館でこれだけなんて。

「で、次は七時四十五分。ある程度、身体は温めておけ」

うん？　次？

キョトンとしている一年生を笑いながら、先輩たちは、サッサと体育館を引き上げ、シャワーのあるプール脇に向かっていく。

「次ってなんですか？」

こういう時は、智里の出番だ。誰に何を言われる前に、智里は、畑中先輩の背中に小走りに寄って行って尋ねる。

「次の練習開始に決まってるじゃん。涼しくなったこれからが本番。ゲーム練習ガンガンやるから。ＯＧの人たちも大学や仕事帰りに来てくれるからね」

「今までは、アップみたいなもんよ」

「十時四十五分まで、三〇分ゲーム一五分休憩を繰り返すから」

「最後は、いつも男子とね」

「今年は勝つよ」

次々と先輩たちが嬉しそうに答える。

「あ、端野」

畑中先輩が振り返った。

「はい」

「男子相手の時は、ちょいポジションいじるから」

どういうふうに？

「キーパーですか？」

「それは、ひ・み・つ」

男子が相手の時は、高さがあるから、基本、攻撃は両サイド中心になる。サイドからのシュートは、チームにとっては最後の選択肢とも言える。

そこは、敵のディフェンスのバランスを崩しながら味方のパスがいったりきたりを繰り返し、たいてい最後にたどり着く場所だから。

それもあって、サイドからのシュートに求められる成功の確率は、限りなく一〇〇パーセントに近い。

角度のないところからのシュートだからなんて、言い訳にもならない。

まして、左利きの凜にとっては、右サイドであれば、十分な角度があるわけで。

畑中先輩、つまり成瀬先生の思惑としては、凜を右サイドに入れるつもりなのか。

しかし、ここへきて、キーパーもなくはない。

男子の力強いシュートを止めるのに、背も高く手足が長い、そして、スピードのある球に物怖じしない凜は適しているのかもしれない。

そういう思惑もなくはないが、どうせ止められる確率が低いのなら、正キーパーの水野先輩の怪我防止のためにも、試しに入れてみるか、的なものなのかもしれない。

そういえば、成瀬先生は、凜を犠牲にしてでも、他をステップアップさせると言っていた。

まあ、なんでもいいや。どんなポジションであっても、それを楽しめばいい。

争うようにシャワーで汗を流してから、髪の水分もそのままに、揃って「茜や」の奥のエリアで夕食をとる。

ほとんどのメンバーが、看板メニューのから揚げ定食だ。

そんな中、麻木先輩が、カレーを食べているのは、なんだか微笑ましい。

凜は、かつ丼にした。定食についてくるキャベツの千切りが、凜は苦手だ。

しかし、だからといって食べ残すのは嫌だ。だから、丼ものにした。こちらには、レタスとトマトときゅうり、というどこにでもありそうなサラダがついている。

となりで智里がなにやら話しかけてくるが、面倒なので、凜はほぼ無言で食べ物を口に入れ続け、食べ終わると、お先に、とひと言、声だけはかけて一番に店を出た。

その背後から、あれは本当に協調性がないね、と宇多先輩のあきれたような声がした。

そこがいいんだけどね、同じくらいだめなんだよね、と畑中先輩の声も聞こえた。

まったくもって、主将というのは、そつがなく、和を保つということにおいて秀でている存在だと感心しながら、凜は、店から体育館までゆっくりと駆けていった。


その夜、凜は結果的に、センター、右サイド、右バックと、ゲームごとにポジションを変えられた。

どこが苦手という感触はなかったが、やはり右サイドからのシュートはとても打ちやすい。

キーパーと一対一になれるし、左利きの凜は角度のあるシュートが打てるので、ゴールのどこに打つか、その選択肢も多い。

一打も外さなかったのは出来過ぎかもしれないが、しばしば割り当てられる右バックより、凜は、右サイドに魅力を感じた。

最後に、対男子のゲームで、凜はキーパーとしてゴールに入った。

やはり、ひ・み・つ、とは、水野先輩を休ませるためのキーパーだったのかと、コート脇で、小西さんとゆったりストレッチを始めた水野先輩をチラッと見た後、ため息をつく。

正直、コートプレーヤーとして経験したゲームより、キーパーとしてのそれは、かなり過酷だった。

男子のシュートは、直接、向き合い目の当たりにすると、想像以上にパワーとスピードがある。

たとえここにくる、と予想できても身体が追いつかないし、追いついても、指や掌を不本意にはじかれることも度々あった。

たまたま正面にきても、しっかりキャッチができず、はじいた球を、あわてて身体で包み込むことも、それが間に合わず奪い取られ、1点を献上することも多かった。

ただ、思っていた以上に、怖さはなかった。

当たれば痛いことはわかっていても、視線が球から外れたり、身体が逃げることもなかった。自分は、そういう部分がどこかおかしいのかもしれないと思うほどだ。

「まじ、逃げないね」

畑中先輩はあきれたように笑った。

「技術的にはまだまだだけど、キーパーがこうも挑発的だと、こっちも、それだけでなんかやる気出るね」

安東先輩だ。

「だったら、なんでこいつはさ、コートプレーヤーの時、もっとやる気出さないわけ？」

宇多先輩はいつだって、凜の悪い部分を探し出す。

けど、そうなのか？

自分ではわからないけれど、コートプレーヤーでいる時の凜は、やる気が見えないのだろうか？　だとしたら、それはなぜだ。

「なんか、バスケ出身なんで、まだまだなのかもしんないですけど、それなりに結構いけてますよね？　的にこざかしい感じで動くよね。頭が先で身体が後、みたいな？」

なるほど。そう言われれば、思い当たる。

凜はまず理屈から入る。むかしからそうだ。ハンドボールに限らず、スポーツだけでなく、なんだって。

たとえば、新しい電化製品が家にやってきたら、説明書を何度も熟読し、仕様書どおりに順番にチェックし、それから使用する。適当にやればわかるでしょう？　わかんない時に見ればいいのよ、的な妹とは全く違う。

「十分に考え納得しそれから身体に覚え込ませる。それって大事なことなんじゃないんですか？」

言い返したいわけじゃない。

結局、適当な妹より準備に怠りのない凛の方が、なんでも十分にうまく使いこなせるようになる。だから、自分のやり方が間違っていると思ったことがない。

自分のこのやり方のどこが悪いのか。純粋に知りたいから尋ねる。

「大事だよ。基本だからね」

宇多先輩は一度凛のやり方を肯定する。

「でもそれだけじゃダメでしょうが。キーパーの時みたいに、考えるより先に身体を動かして、相手をビビらせることも必要じゃないの？　いっつもじゃないよ。でもね、それがないっていうのは絶対だめ」

「そういうことですか。ありがとうございます、先輩」

凛が得心したように小さく笑むと、宇多先輩は、驚いたように後退りした。

「気持ち悪いわ、あんたが素直だと」

そう言い捨てて、体育館を先に出ていった。それを見て、畑中先輩以下、他の二年生が大笑いしていた。

翌日もその翌日も、最終日まで、同じことが少しずつハードになっていくという繰り返しだった。

目標だった走りでのトップは、最後までクリアできなかった。

しかし、宇多先輩は抜いた。

あの悔しそうな目を思い出すだけで、この先のどんな嫌みも、今まで以上にスルーできる気がする。

そして、最終日の対男子戦を同点で終えた。

勝てはしなかったが、同点まで追いすがったのも初めてらしい。

最後の二分ほど、男子の猛攻撃に凜は必死で耐えた。

そして、コートとの連係もこなれてきて、何本かは止められたし、最後の最後に、ゴールを出て、凜は自分で点をとった。

独断じゃない。

成瀬先生の指示だった。ラストワンチャンスがめぐってきたら、飛び出して行けと。

飛び出した凜に絶好のパスを出してくれたのは、ゴール傍で待機していた安東先輩。これが最後のチャンスだと、先輩もわかっていたのだ。

凜はそれをスピードに乗ったままキャッチしそのまま、ゴールに突き刺した。それで同点。

男子部顧問の濱田先生が、試合終了のホイッスルを吹きながら頭を抱えた。

その肩を、成瀬先生が半笑いでたたく。

これで、男子もまた発奮する。

次に対戦する時は、おそらく、今日以上の攻撃的なチームになっていることだろう。

合宿の最後に成瀬先生は言った。

「お疲れさん。いい合宿になった。明日から一週間、疲れをとり勉学に励んでくれ。その後、今まで以上に過酷なメニューになるから。それを乗り切れることを、お前らは証明してくれたから、遠慮なくやらせてもらう」

これは、一週間で、夏に出ている各教科の課題を済ませてしまえ、ということらしい。

そして、その後にやってくる過酷な練習に向けて体力は維持しておけと。

先生が体育館を去った後、畑中先輩が、主に一年のメンバーに向けて、成瀬先生の言葉の裏を説明してくれた。

うんざりしながらも、どこか楽しそうに全員が頷いたのは、気のせいではないだろう。


秋、県の新人大会が始まる。

これは、新しいチームでの、今年度の全国高校選抜大会の第一次県予選会でもある。

この大会のベスト8のチームには、第二次予選会の出場権が与えられる。

成瀬先生があざみ野高校に赴任してからは、ここのチームが公式戦でベスト8を取れなかったのは、最初の一年だけらしい。

昨年も、もちろんベスト8には上がった。

その先の壁を越えられないだけで。

しかし、だからこそ、最低でもベスト8、これを達成しないことには次がない。

凜は、レギュラーに喰いこんだ。

そのせいなのかどうなのか、新しいレギュラー陣の顔ぶれとポジションも夏合宿の後、多少変わった。

センターに安東先輩、左バックが宇多先輩で右バックに紺先輩。

ポストは麻木先輩。左サイドは畑中先輩、右サイドに凜。キーパーは水野先輩。

智里もベンチ入りは決めた。

この布陣だと、攻撃の得意な紺先輩と守備のうまい板野先輩は、攻守で同じポジションを変わることも考えられる。

凜は、合宿中、右サイドのポジションが一番しっくりきた。だからといって、成瀬先生が、まさか、レギュラーで凜をそこに指名してくるとは思っていなかった。

背の高い凜は、レギュラーに入るのなら、やはり、右バックかセンターか。そのどちらかと思っていた。

「端野は、足、速いからね」

畑中先輩が言う。

確かに。でも、智里の次だ。

夏合宿を終え、智里は小西さんの指導のもと、かなり身体の使い方がうまくなった。それにともなって、瞬発力が上がり、敵陣への突っ込み方が半端じゃなくなった。

こちらの誰かがボールを自陣で持って視線を向けたその瞬間に、智里はもうベストポジションにいる。

ただ、やはり、シュートがなかなか決まらない。

練習で、しかもフリーであそこまで外すと、どうしたってレギュラーにはまだ定着できない。点に結びつかなければ、どんな走りも意味がないからだ。

そして、それは本人も自覚しているようだ。

練習後、居残って、ゴールの前でシュート練習を重ねている。

ごくたまに、凜もパス出しなどでそれにつき合う。たいていは、マネージャーの高橋先輩が自分もたまにはボールに触りたいから、などと言って一緒に練習をしている。

凜は、正直、誰よりこの高橋先輩に頭が下がる。

練習では、一番にグラウンドにきて最後にグラウンドを去る。チームの誰もが心地よく試合に臨めるよう、日々の練習の時から、いつも細々《こまごま》と気を配っている。

成瀬先生のどうでもいいダジャレにも根気よくつき合い、言葉の奥、あるいは先にある要求をくみあげ実践している。

試合会場で、みなが昼食をとったあと、荷物を管理しながらおにぎりを一人頬張っている姿には、自分本位がトレードマークの凜でさえ、感心する。

同時に、感謝はするが、奉仕精神がほとんどない自分には、とても無理だと思う。

「正直、足の速い左利きがサイドにいるってことは、チームにとってかなりの武器になる。しかも、端野は高校から始めた無名選手で、マークもないし」

珍しく、宇多先輩がほめてくれる。

「抜いたからね、最後の最後で、長距離でも宇多を」

麻木先輩が、ニヤッと笑う。

「あれは、油断してたの。まあ、体力がついてきたのは認めるよ。レギュラーになったからには、最後まで全力疾走してもらわないと」

「はい」

ここは素直に相槌をうつ。

初心者に近い凛には、無駄に先輩たちの気を荒立てない、それが一番のできることかもしれない。

「連係も大事ね。両サイドの足を活かすには、水野からのパスを宇多か紺あたりがつないで、できるだけ速く畑中か端野に出さないと」

麻木先輩が言う。

宇多先輩も紺先輩も、肩が強い。

「うちが、去年より戦力ダウンしているのはわかってる。でもね、意外に上位校は、おしなべてそうなの。三年主体のチームが多かったから。だから、気力と根性でベスト4に喰いこめる可能性も大いにあるわけ。逆に油断するとベスト8も厳しい」

畑中先輩がにんまり笑う。

「とにかく、初戦が大事。勝つのはもちろん、インパクトがある試合運びで勝ちたい。上であたるチームへの印象づけに」

みんなが頷く。

「畑中、俺のセリフも残しておけや。もう、頑張れよ、しか言うことがないじゃないか」

ミーティングのために借りていた教室に、遅れて入ってきた成瀬先生が眉根を寄せてそう言った。

「ま、そういうことだ。このチームはまだまだ発展途上だ。けど、どこだってそうだ。経験を積むことで強くなれるかどうかは、ここ次第」

成瀬先生は、胸を掌で二度トントンと叩く。

「うちには秘密兵器があるにはあるが、秘密を披露できずに終わる可能性もあるしなあ」

成瀬先生が智里を見る。

智里を引っ張り出す余裕を作れるかどうか、それは先発メンバーの頑張り次第ということだ。

みんな、笑った。だけど、少し不安そうでもあった。

新しいチームの船出、希望と不安がないまぜになっているのだろう。

初戦といえど、先輩たちがこの三年でベスト8の常連になっていたあざみ野高校は、一回戦を免除され、それがブロックの準決勝になる。

対戦相手は一回戦を勝ち抜き、初戦の緊張感から抜け出しているはず。

初戦試合当日、凛は、マネージャーの馬淵も含め、一年のメンバー八人と会場の最寄駅で待ち合わせ、一緒に会場に向かった。

正直、気恥ずかしい。今までこんな経験がなかったから。

中学時代、凜はいつも一人で会場入りしていた。

でも、誰彼ともなく、ほぼ全員から誘いを受けた。それもごく自然に。だから断る理由が見つからなかった。

十一人いた一年生は、夏合宿の前に二人リタイアし、今は九人。

その中で凜だけが、レギュラーだ。ベンチ入り二十人の枠に入れなかった者も、五人いる。しかし、誰との間にもギクシャクした感じはない。不思議なほど。

それは、ここのメンバーのおかげなのか、凜の心持ちが変わったからなのか。たぶん、そのどちらもが理由だろう。

会場に着くと、ほどなく先輩たちとも合流できた。

畑中先輩の指示で、アップを始める。

初戦のせいか、誰がということはなく、みんなが、どこかぎこちない。

めずらしく、凜も、少し緊張している。

けれど、身体が温まりほぐれていくと同時に、緊張感は徐々に薄れていった。

うまくコントロールできた、レギュラーとして初戦を前に、波に乗れる、凜はそんな気がしていた。

結果は、38対10、圧勝と言ってもいいだろう。

けれど、試合後の成瀬先生の表情は、厳しいものだった。

とにかく、ミスが多すぎた。

特に後半。

前半を27対3で大きくリードしたことに気が緩んだ、そう言われても仕方がない。後半の結果は、11対7だった。

必要のない動き、他人任せのパス、ひとりよがりのシュート、数えればきりがないほどの反省点ばかり。

中でも、後半の凜が一番ひどかった。

フリーのシュートを五本外した。厳しい体勢でのシュートも一本決めたが、正直、それは相手キーパーのミスだった。

「端野、一年でお前だけがレギュラーだが、今日のお前にその価値はあったか？」

攻撃の最後の選択肢ともいえるサイドがそんなありさまでは、上位チームと対戦すれば、勝つことは難しい、ということは、わざわざ言われなくても凜にもわかる。

「ありません」

だから、そう答えるしかない。

「だな。端野は、次、外れろ。代わりに板野な。紺とポジションはコンバートしてもいいぞ」

「いえ、右サイドで頑張ります」

板野先輩は、成瀬先生の目を見て、はっきりとした口調でそう返す。

どんな妥協もせず、与えられたポジションで結果を出してみせる、そんな気概が伝わってくる。

「それから、宇多、お前も外す」

えっ、と宇多先輩より大きな声を上げたのは、凜だけだ。

ということは、他のメンバーは、それもやむを得ない、と思っているということだろうか？

「宇多、今の試合、誰と戦ってた？」

成瀬先生は、宇多先輩を渋い表情で見る。

「それは、相手チームです」

「本気でそう思ってるのか？　お前はなあ、六〇分、ずっと端野と戦っていただろうが？」

宇多先輩は、目を見開く。今、気づいたというように。

「端野より得点を入れること、端野より目立つ動きをすること。おまけに、前半で活躍した端野が目障りだったか？　後半、端野には、わざと扱いづらいパスを出してたよな？」

宇多先輩が、くちびるをかみしめる。

「厳しくやることに意味がある時とない時がある。今日のはさ、練習じゃないんだよ。害が大きいんだよ。本番でそれやると」

「でも、なんだ？」

「端野は、ちゃんと受け止めてたし」

「とにかく受けてはいたな。けど、お前の意地のためだけのパスで、端野の次の動作が遅れた。それが原因でシュートミスになった。そうは思わないのか？」

「思うわけ、ありません。だって、それ、全然違いますから」

宇多先輩が何かを答える前に、凜が言う。

なぜなら、凜は、一度もそんな感触を、宇多先輩のパスから感じなかったからだ。

「宇多先輩からのパスの後、ミスはありましたが、宇多先輩からのパスがヤバかったせいじゃないですから」

「何？」

成瀬先生は、さらに渋い顔で、今度は凜を見る。

「それに、勝負ごとで、誰より目立ちたい、勝ちたいって思うことが悪いなんて知りませんでした。悪いんですか？」

誰より目立つことも、秀でることも多かった凜に、それは、今までふつうのことだった。

そうなりたいと強く思ったことはないが、力が抜きんでていれば、自然とそうなることに違和感は覚えなかった。

「今日の場合は、もの凄く悪い」

「どうしてですか？」

　凜が訊く。

「このチームは発展途上っていうか、スタートラインについたばっかりだ。つまり、競い合うより支え合うことが大事な時期なんだよ。特に後半は体力が落ちる。そこで一番体力のないやつの足を引っ張るなんて言語道断だ」

　一番体力のない、成瀬先生のその一言に、凜はその日一番のダメージを受けた。

　しかし、言われてみれば、今日の試合の中で、最後に一番弱っていたのは自分だ。

　夏合宿のランで、最後に宇多先輩を抜いたが、それは、あくまでも単調なランで、試合の中の臨機応変で緩急を織り交ぜた走りとは別物だ。

「そんなこと、言わんでも、全員がわかっていると思うだろうが。実際、お前と宇多以外はわかっとるから、ちゃんとそういうプレーに徹していただろう」

　そうなのか。

　外から、せめてキーパーの位置でチームを見ていれば、そういうことはわかるのかもしれないが。

　初めてのフル出場で、とにかく最後まで足を止めないことを一番の目標にしていた凜には、気づくことができなかった。

「すみませんでした。合宿の最後で、端野にランで抜かれたのが悔しくて。たぶん、それを引きずってました」

宇多先輩が、成瀬先生の言葉が終わるのを待って、すぐに頭を下げた。

その姿に、成瀬先生は頷く。

そしてこう続けた。

「それにな、そういう敵対心が無駄だってこともわかっただろう?」

成瀬先生は、わざとらしく凜をチラッと見て、視線を宇多先輩に戻す。

「端野はさ、そういうの、まったく感じないわけ。へこたれもしないし、自分のミスがお前のせいだって思いもしない。それって宇多としてはどうよ?」

「むなしいです」

「だな。だからやめておけ。やったほうがめげるだけだ」

「はい」

「ということで、反省しとるようだから、宇多、お前は、やっぱり次は先発で」

「はあ?」

今度も声を上げたのは凜だけ。

いや、宇多先輩が次も先発で行くことになんの文句もない。けれど、今言ったばかりの言葉をこうも簡単に撤回するとはどういうことなのか。

「正直、お前まで抜けて負けたら話にならんから」

それはそうだろうけど。

どうも納得がいかない。結局、婉曲にではあるが、凜をこき下ろしただけの気もする。

けれど、他のメンバーはホッとしたような顔つきで、うんうんと頷いている。

「そのかわり、ヘマしたら、端野と交代させるからそのつもりで」

宇多先輩は、それ以上の屈辱はないという顔で、頷いた。


当たりまえというか、切ないことに、凜がいなくても、チームは順調に勝ち上がった。

宇多先輩の頑張り具合が半端じゃなかったせいか、凜に出場のチャンスはなかった。

一方で、智里は何度かコートに出た。チームにその余裕ができたからだ。

与えられた質の高い実戦、レベルの高い経験は、智里を少し強くしたようだ。

少なくとも、へっぽこなミスはしなくなった。そして、同じ過ちは繰り返さなくなった。

ミスを次の糧にできるようになれば、その積み重ねの上に、ミスがなくなっていく。

凜は、智里の小さな成長を喜びながら、それ以上に悔しく思った。自分の傲慢さのせいで、ともに成長していくチャンスを逃したような気がして。

だけど、すぐにその想いは消えた。

傲慢であることが、凜の強みだ。

それを削ってまで手に入れる経験より、この傲慢さに磨きをかける方が、チームにとっては大切なことのはず、などと勝手に納得したから。

結局、結果を出せばいいのだ。

出せるチャンスが来たその時に。

チャンスは、すぐに来た。

ブロックの決勝を40対10で抜け、チームはベスト8に進んだ。この最初の壁をスルッと越えたところで、その次の試合に、凜は、先発を言い渡された。

「右バックな」

これは、凜がどうだということではなく、右サイドに入った板野先輩が、どちらの試合も、とてもよかったからだ。凜がとって代われる隙もないほどに。

紺先輩の代わりに、右バックというのは妥当だろう。

紺先輩は、特に直前の試合のパフォーマンスが悪すぎた。

おそらく、左の足首を、前半のどこかで、致命的にではなくても痛めたのでは、と思う。

それを口にすれば交代させられると思っているのかもしれないが、パフォーマンスの質が落ちれば、同じことだ。

「成果だせよ」

成瀬先生が、練習後のグダッとした時間、凜を手招きしてそう言った。

「何のですか？」

「ベンチのさ」

ああ、と凜は頷く。

今回、凜は、ベンチから、応援という立場ではなく、自分が誰かにとって代わるつもりで、チームを見ていた。

成瀬先生は、そんなことはお見通し、というわけだ。

「なんか、宣言した方がいいですか？」

「いや、思うようにやってくればいいさ。ダメなら、またベンチに戻るだけ。いや、次はベンチもないか。ベンチの成果が出ないのなら」

「ちなみに、成果って具体的には？」

「和をもって貴しとなす、プラスアルファだな」

プラスアルファって。具体的にって、言ってんじゃん。

「お前が使いものにならなかった時の代わりは、紺の怪我が長引きそうなら、忍野か。あいつ、最近、心身ともに強くなったからな。なんでかべっぴん度は下がったけど」

しかし、先生は、具体的のグの字も説明せず、話題を変える。

しかも、成瀬先生は心なしか、忍野の変化が残念そうだ。

美人度より、選手としてたくましくなったことを喜べよ、指導者なら。と心の中で凜はぼやく。

「なんか、彼氏ができたっぽいですよ」

マドンナを射止めたのは、一つ年上の男子送球部の主将だ。

さほどイケメンではないが、誠実でいい男ではある。

ちなみに忍野から告白したらしく、そのせいで、男子送球部から二人が退部したらしい。

この期におよんで、まったくバカな話だ。

そういう輩は、最初から、カワイイ女子と触れあえる場所にいればいいんだ。

「彼氏できたら、きれいになるんじゃないのか、ふつうは」

ちなみに、成瀬先生は、忍野と男子送球部主将がつき合っていることは知らないらしい。

「いや、なんでも彼氏が心配性だから、他の男子にモテないように工夫してるとか。見かけはそう変えられないから、せめて性格だけでもブスにって。あれ、性格ブスの傲慢な女、演出してるらしいですよ」

「あ？　ちゅうことは、お前のまねか？」

真顔で訊かれても、とても答えづらい。

でも、たぶんそうだろう。部活にいいお手本がいるからと、忍野がクラスメイトに無邪気に話していたと、同じ組の智里から聞いた。

あ、そういえば、だったら成瀬先生は忍野の担任でもあるのか。

なら、彼氏のことぐらい把握しておけばいいのに。

「ま、いいか。悪い影響がないなら、彼氏でもなんでも作れば。とにかく、次は頼んだ。お前次第かもしれんぞ、相手があそこなら。けど、勝ってこそ意味がある。負けることに意味があるなんていうのは、敗者の負け惜しみだからな」

だから、プラスアルファの説明をきっちりしてくれれば、こっちも対処するのに。

「教師がそんなこと言っていいんですか？」

しかも、敗者の負け惜しみって。

「だめだろうな。内緒にしとけ」

成瀬先生は、そう言うと、結局プラスアルファに関して何も説明せず、大きく手を振ってグラウンドを後にした。

見回せば、部員は他に誰もいない。

いつもは、なんだかんだと凜を待っている智里まで。

先生が、ああいう態度だっていうことは、プラスアルファについては、自分で考えろってことなんだろう。

面倒だな、考えることがいっぱいあるのに。

なんてったって、一週間後から期末試験だ。それをしのぎ、年末年始のお休みを挟んで、一月に、ベスト8以上で二次予選を戦う。

ここで二位までに入れば関東選抜に行ける。さらにそこで上位10チームに入れば全国選抜大会に出場できる。

次の試合は、全国に続く長い道のりの第一関門にすぎないが、あざみ野高校女子送球部は、今までどうしても、この関門を突破できなかったのだ。

新しい年が始まって間もなく、二次予選が始まった。

初戦、つまりベスト4に進む戦いで、凜は右バックに入り、自分でも驚くほど大いに活躍した。

凜本人は、右サイドがプレーしやすかったのだが、どうもこのチームのバランスとしては、凜が右バックに入るほうがしっくりくるらしい。

攻守における、宇多先輩、安東先輩とのコンビネーションも悪くなかった。

そのおかげで、サイドもよく機能した。

相手は、前のチームでは対戦成績が負け越していたチームだったが、前半後半通して一度もリードされることなく、28対20で、危なげなく勝利を収めた。

あっけないほどあっさりベスト4。

新しいチームは、去年までチームがどうしても立てなかった場所に、何の自覚もないまま、たどり着いた。

しかし、誰もがわかっていた。

自分たちのチームが強くなったわけではなく、相手のチームが強く成りきれなかったのだと。それまでチームを引っ張ってきた主力メンバーの穴を、相手は、あざみ野高校以上には埋められなかった。

夏合宿から四か月で、その差をもたらしたのは、悔しいが、成瀬先生だ。

先生は何度もこの経験を繰り返している。育て上げたチームがその日を境にあっさりなくなり、そこからまた新しいチームを作り直すこと。

時にそれは、代替わりでなく学校自体が変わり、培ってきた精神的なつながりさえ、ばっさり切られる。

だからこそ、教えてくれた。言葉だけではなく、いっそう辛く厳しい練習で。

言葉では理解できないこともある。

身体だけでも、もちろん理解できないことは多い。

前のチームと今のチームの実力差が大きすぎることを凜も最初は憂いたが、今ならその間違いがわかる。

前のチームも、夏からのあの厳しさを乗り越え強くなった。

そして、短い間でも、ともに戦った先輩たちのあの強さが、次の世代への励みになる。

先輩たちが残した実績と汗が、次を走る後輩たちの糧になることを、凜は生まれて初めて知った。


次は、ベスト4で総当たり戦になる。その結果、二位に入れば、関東大会へ進める。

次の相手は、公式戦ではベスト4常連の、椿《つばき》女学院。

私立高校だからなのか、選手の補充もとどこおりなく、代が替わっても戦力の低下はさほどないというのが、成瀬先生の分析だ。

本当の強さが試される試合になる、そんな予感がした。

対椿女学院。

最初の1点は、あざみ野高校の速攻だった。シュートを決めたのは畑中先輩。

その後は1点をとられ、入れればとられの繰り返し。

10点オールになった、その直後だった。

こちらの攻撃中に、パスカットをされ、そこから速攻をくらって、この試合、初めてリードを許した。とはいえ、相手のナイスプレーで、こちらのパスミスではない。

そのあと、宇多先輩のシュートを止められ、これも悪いシュートではなかったが、結果として、戻りきれなかった穴からシュートを決められた。

前半を終えて10対12。

ひっくり返すことは不可能ではない点差だが、どうしてか、勝てるイメージが湧いてこない。

「なんだかな。ミスも少ないし、連係もとれている。けれど、何かが足りん。なんだと思う？　……畑中」

確かに、ピリッとしない。

「スピードへの執着心だと思います」

畑中先輩が、すぐに答えた。

成瀬先生が、目を細める。

「つまり？」

「攻撃の時の気迫、っていうか、一秒でも早く、前線に球を送ろうという気概が足りないかと」

畑中先輩の走りに問題はない。

「何がストッパーになってる？」

それは、たぶん、言われてみれば。

みなの視線が水野先輩に集まる。

ただし、とがめるものではない。心配する視線だ。

「水野、どうした？　なにが問題だ？　怪我じゃないな」

成瀬先生が、水野先輩の全身をスッとながめる。

「薬を間違えました。痛み止め、一錠なのに二錠のんでしまって」

「なんの薬だ？」

成瀬先生以外はすぐに理解した。

水野先輩は生理痛が酷いらしく、そういえば、いつもつらそうだ。

「女性特有の痛みですよ」

凜が眉根を寄せてボソッと言うと、成瀬先生は若干顔を赤らめて、すまん、と言った。

「なんにせよ、後半はベンチだ。それでも辛いようなら高橋につきそってもらって医者に診てもらえ。水野の代わりは、他におらんか」

成瀬先生の視線は、凜をとらえる。

「まだ時期尚早なんだがな。ポストも経験させて、コートのそれぞれの動きを十分に体得し、その上で水野から十分に手ほどきを受けて、それからって思ってたが、こんな緊急事態じゃやむを得んな」

ひとり言のように、成瀬先生はそう呟く。

「仕方ない。端野、お前、後半、キーパーな」

そうかもしれないと思っていたので、凜は、驚きはしなかった。

「でも、端野は今、うちの一番のポイントゲッターですよ」

ところが、宇多先輩が異を唱える。その方が驚きだった。

凜の力を肯定するような言葉を宇多先輩に言われると、妙に、くすぐったい。

「それはお前がカバーすればいい。っていうか、何をほざいてる？　端野に負けたくないんだろうが？　端野の分もお前がガンガン入れろよ。それに、サイドに村上を入れるから、両サイドも得点源になるはずだ」

成瀬先生は、強い調子でそう言う。

いつも冷静でどこか人を食ったような口ぶりの多い先生にしては、めずらしい。

「そうだよ。コートは私たちで頑張ればいい。水野の代わりにキーパーができるのは、端野しかいない」

畑中先輩も成瀬先生の言葉を後押しする。

それで、決まった。

凜は、マネージャーの高橋先輩から、凜の背番号の11がついている色違いのユニフォームを受けとり、着替える。

智里はアップを始める。

すぐに後半が始まった。

後半は相手チームからのスローオフだ。

パスを回しながらやってくる相手を見て、一瞬、全身がこわばる。

けれど、すぐにほぐれ、凜は、視点を斜め上からに切り替える。

左バックが、少し遠目からシュートモーションに入る。もし凜が狙うとしたら、左上。

先に動き出さないように気をつけながら、ボールに視線を集中させる。

ビンゴ。左上に球がやってくる。コーナー、ぎりぎり、いいコントロールだ。

けれど、予想していたから、届かない範囲ではなかった。凜は左手を伸ばし、ボールを足元に叩き落とす。

すぐに球を手に、すでに相手コートに到達している智里にダイレクトでパスを出す。

智里は、あぶなげなくそれをキャッチすると、スピードにのったまま右下にシュートを決めた。いいシュートだ。今までで一番と言ってもいい。

これが、夏合宿と、この大会で積んだ経験のおかげなら、無駄ではなかったということだ。

やはり、智里はただ者ではない。努力と経験が実を結ぶ、いそうでいない、稀有な存在だ。まだまだ、そのポテンシャルに見合うには、道は遠いが。

その智里のシュートで1点差。

しかし、すぐにまた1点を返される。

ポストからの身を挺してのシュート。

味方の壁のすきまから、その姿が見えたと思った瞬間には、もう球が脇をすり抜けていた。

悔しいが、悔しがっている暇も惜しい。すぐにセンターの安東先輩に球を渡し、お返しの1点を委ねる。

夏から重点的に練習を重ねてきた、相手の守備をくずしながらのサイドシュートが決まる。しかし、まだ、チームで獲ったと言うよりは、畑中先輩の個人技で凌いだという感は否めない。

凜が抜けたことで、相手の視線が宇多先輩一人にしか集まらないからだ。

代わりに右バックに入った板野先輩は、正直、パス要因とみなされている。

その後、いったりきたりが続く。

相手も攻めあぐねているようだが、こちらもよくはない。特に、ポストの麻木先輩の動きがよくない。

正直、パワー負けしている。

せっかく通したパスを持ったまま潰されることが多い。

1点を入れてもすぐにお返しをくらい、すぐに2点差にされゲームが続く。

このままでは負ける。ゲームにも、他の何かにも。

嫌だと思った。

ゴールに縛られている凜にできることは少ない。

何ができる？

とりあえず、広い視界と自らが経験したポジションでの記憶をフル回転させて、相手のシュートにくらいつく。

球をつかんだら、とにかく速攻。速く、できるかぎり前へ。

走れ、足を止めるな。

体力のなくなってきた智里だけでなく、懸命に足を動かしている先輩たちをも、凜は叱咤激励する。

それに、畑中先輩が応えてくれた。

残り一分、今まで智里の後背を追っていた先輩が、智里を抜いて、相手陣地に走りこむ。迷わず、そこへパスを出す。力が入り過ぎてわずかにコントロールを乱すが、先輩は瞬時にそれに適応してくれた。

シュートは、その日一番の鋭い軌跡を描いて相手ゴールに突き刺さった。

次の相手の攻撃を、全員で死守する。

残り十秒あるかないか。先頭には、宇多先輩がいた。

凜は迷わず、球を宇多先輩に送る。

その宇多先輩を追い越して、智里が、最後の力を振り絞るように駆け抜けていく。

凛も、そのままゴールエリアを出て走り出す。

どうせもう、これが決まらなければ負けだ。

それなら、相手キーパーが、もしかしたらはじき飛ばしてくれる球をとる味方が、一人でも多い方がいい。その、わずかな可能性に賭けたかった。

智里のシュートが放たれた。

相手キーパーの右手が伸ばされる。その中指をはじき、ギリギリで球はゴールに吸い込まれた。

そしてそのままゲームセット。

21対21。

追いつかれた相手校も、勝ち越せなかったこちらも、その瞬間、何人かが項垂れ、涙を見せるメンバーもいた。

凛は淡々としていた。

次を勝つしかない、それだけだった。

「最後な、あれは良かった。勝つことへの執念が見えた。あれだけが、今日の収穫かな。一生懸命よくやってくれたが、同点っていうのは、出直しってことだ。次、またまっさらから頑張ろう」

成瀬先生の言葉は、凜の実感でもあった。

途中で昼食と休憩、アップを挟んで、二時間後に次の試合がある。

相手は、県トップの山手《やまて》北《きた》高校。

ゴールは、復帰した水野先輩が守った。

凜は、右バックで先発し、智里は控えに回ったが、後半最後五分に出てきて、2点を入れる活躍をした。

しかし、試合には負けた。

14対18、大敗ではないが、惜しくもなかった。4点差という点差以上に、その試合運びの上手さ、タフさにチームとしての差がはっきりとあった。

試合開始から最後の試合終了のホイッスルが鳴るまで、ただの一度も、あざみ野高校はリードどころか同点にさえできなかった。

苦労してとった1点を、ほんの数十秒後に、時に数秒後に返される。

その繰り返しが、メンタルを蝕んでいった。

成瀬先生は、その萎え具合を見ながら、タイムをとってはくれた。

けれど、その采配に、最後まで報いることはできなかった。力不足、これにつきる。しかも、今回も、戦犯は凜だった。

後半になればなるほど、シュートが決まらなくなった。

あまりにシュートが枠を外れて、球が隣のコートや遠くへ飛んでいくのを防ぐために張られている網を超えて飛んでいくので、審判から新しい球が二度補給された。

リズムが合わない。というか合わせられない。

だからといって、自分一人でバンバン点をもぎ取って来られるほどの実力もない。

試合後、成瀬先生は、凜を見て微かに笑っていた。

「次は、勝とうな」

そして、叱責らしきものはなく、明日のもう一試合頑張ろうな、と言葉はそれだけだった。

次は、正直、あっけないほどの圧勝だった。

昨年は、同じ平崎台高校に大敗したことを思えば、不思議なほどだった。

「まあ、昨日のあれでな、成長したんだろう。けれど、ちょっと足りんかったかもな」

山手北高校以外のどこが関東選抜に行けるのか、それは昨日引き分けた椿女学院の結果次第だ。

隣のコートで、まだ戦っている。

同時に始めても、諸事情で時計が止まれば、同時には終わらない。

あざみ野高校と椿女学院は一勝一敗一分で同率だった。しかし、成瀬先生が呟いた、ちょっと足りんかったかも、という得失点差で二位は、椿女学院に決まった。

悔しいね。

最近はあまり来なくなっていた智里から、その夜、久しぶりにラインが来た。

うん。でも、まあ、これが今の実力だよ。

というか、今回の代表決めで凜が味わった山手北高校との実力差は、一位と三位、というより、はるかに大きい。

もっともっと強くならなければ、夏がない。

インターハイは、たった一校だけが選ばれる。

得失点など関係ない。勝つか負けるか。それしかない。

また、明日から練習、練習だね。頑張らないと。

そうだね。

でも、頑張るだけでいいのか。

練習の質をあげても練習量を増やしても、埋め切れない何かが、山手北高校とあざみ野高校の間にはあった。

もの凄く高い壁ではない。でも、現状ではどうしたって越えられない壁。

今のままでは、この先も越えられない。


きっと、成瀬先生には、それが何かわかっているのだろう。

でも、口にしない。

それにも意味があるのだろう。

うつうつとそういったことを考えながら、凛は眠った。

朝、目覚めてスマホを見ると、寝た？　寝たよね？　もっと話したかったのに、と智里からラインがきていた。

笑って、もちろん、それは無視をした。


関東選抜は、一月の末に千葉で行われた。凛は、祖母にねだって多めにもらったお年玉を交通費と食事代に充て、朝一番で会場に足を運び、できるかぎりの試合を見た。

両親は、後でそのことを知り、かなり渋い顔をしていたが、まだ、その意味と成果を説明できる材料が凛にはない。

なぜ、今、この競技を続けているのか。二度と、団体競技には関係したくない、と思っていたのに。

言葉では、永遠に説明できない気がする。かといって、見ればわかってもらえる、そんな試合をできる自信もない。

凜だけでなく、チームがそういう状態に熟すまで待つしかない。

関東選抜は、各都県二校ずつの精鋭があつまる大会だ。さすがにレベルが高く、つまらない試合は一つもなかった。

学ぶことも多かった。

しかし、こうも思った。自分たちもあそこには行ける。すでにその力はある。

あと何があればいい？　何が足りない？

観戦を繰り返しながら、凜はずっとそれを考えていた。

神奈川の代表は、優勝こそしなかったが、揃って上位で全国選抜への切符を手にしていた。

三月、入学を決めた新入生たちが、ポツリポツリと練習に参加しだした。皆、経験者だ。

つまり、凜よりハンドボールの経験は長い。

けれど、臆することはなかった。

なぜなら、ここでの十ヶ月に勝る経験が、そうそうないことはすでにわかっているからだ。

むしろ期待している。

レギュラー陣を脅かすポテンシャルを。凜を、智里を、宇多先輩や安東先輩を蹴落としていくような才を。

しかし、それなりの部員は集まったが、未だ凜たちが怯えるほどの才能には出会っていない。

四月半ばになり、未経験者も入ってきた。

その中に、一人、凜の目を惹く者がいた。

中学までは柔道をしていたという、鏡《かがみ》あきら。

身長162cm、体重は秘密らしいが、それなりにどっしりとしている。

柔道をしていたおかげか、下半身の安定感もいい。今まで、このチームにはいなかったタイプの、パワープレーヤーだ。

一番重要な走りにかんしては、速さはふつうだ。

持久力は、夏のランを見なければまだどんなものかわからない。

「なんで、ここへ?」

初練習の後、智里が抜け目なく、彼女の色々を聞きだすべく、スルスルと身を寄せる。

「成瀬先生が、入学式のあと、教室まできてくれて、是非にって。それにここ、女子柔道部もないし」

やはり、成瀬先生のスカウトか。変わり種はすべからくそうだ。

「でもわかってたんだよね。うちに女子柔道部がないってこと。それでもここに来たってことは、柔道を続けたいって気持ちはなかったの？」

「まあ」

「なんで？」

「柔道って、男子でもそうモテないし。女子だと、ただでもデカいから敬遠されるのに、これ以上武道続けたら、なんかもう引き返せない気がして」

「それ、わかるわ」

智里がうんうん頷く。

凛はそれを横目で眺めながら、まったくわからないけどね、あんたもわかってないでしょう？　と思う。

どこから引き返せないのか。ハンドボールにしたら、引き返せるのか？　だとしてどこへ。

しかし、そんなことはどうでもいい。

とにかく、このチームに必要なものの一つを補えるチャンスだ。

凛は、彼女が、夏を耐え抜いて生き延びてくれることを願った。

とりあえず、新入生は応援で、今の戦力でまず関東大会の県予選を戦うことになった。

ここで女子は四位に入れば、関東大会に出場できる。

冬の関東選抜予選を始め、県選手権などの公式戦を戦ったことで、チームとしては、かなり熟してきている。

前回までのそれなりの成績でシードも確保している。だからこそ、今度はベスト8ではなくベスト4、準決勝まで絶対に負けられない。

関東大会に出る、ということは、より高いレベルでの戦いを経験できるということだ。

それを関東選抜を見学することで、凛は、よりいっそう実感した。

成瀬先生がいつも言っている、このチームに一番足りないもの、それが経験。そこで、一つでも多く勝ち抜くことが、次の宝物になる。

しかし、凛個人の目標は、関東大会出場じゃない。県予選で決勝に行くことだ。

順当に勝ち上がれば、決勝では、県一位の山手北高校とまたあたる。

選抜で感じた、あの壁の高さが、今度はどの程度に感じるのか、山手北高校と戦う前に敗れるわけないはいいかない。

準決勝までは、順調に勝ち上がった。

しかし、ベスト4が出そろったところで驚いたのは、常連の平崎台高校の顔がなかったことだ。

代わりに、勝ち上がってきたのは、三年前にできたばかりの新設校、山野辺《やまのべ》高校だった。

ここの監督は往年の名プレーヤーで、三年前から優秀な選手を集め、満を持しての公式戦への初陣だったらしい。

そのせいか、数字だけを見れば、大勝はなく、どれも接戦で、それを制して勝ち上がってきていた。しかし、上へくればくるほど点差がつまり、直前の平崎台高校とは1点差だったことを考えれば、ものすごい進歩具合だ。

もっとも、平崎台高校は、代替わりで、かなり戦力がダウンしていた。

公式戦でも、練習試合でも、かつてのトップクラスの成績は残していない。

そのせいなのか、と思っていた。

しかし、そうでないことを、身をもって知る。

18対19。最後の一〇秒での逆転劇をくらっての敗戦だった。

しかし、拙かったのはその最後の一〇秒ではなく、前半の戦い方だったと、後で成瀬先生は指摘した。

「自分も含めて、格上と戦う時のように、よい緊張感を最初から持って臨めば、結果は違ったはずだ」

前半を終えて、1点とはいえリードしていたために、そのことに気づかなかったのは、凜だけではなかったということらしい。

チームとして、順調に成長してきていただけに、ショックは大きかった。

しかし、成瀬先生は、思いがけない敗戦にも淡々としていて、自分自身の反省ともとれるあの一言以外、特にお咎めもなければフォローもなく、チームは次の敗者復活戦に臨むことになった。

なめてかかっていたせいだ、と怒鳴られる気満々だったチームは、肩透かしをくった気分だ。

「ちゃんと成長している。このあたりで負けとくのは悪いことじゃない。けど、同じ過ちは繰り返すなよ。次はもう、取り返しがつかない」

大きな声で叱られるより、こんなふうに冷静に言われた方が堪えるな、と宇多先輩がぼやいた。

とりあえず、気持ちを切り替えて行くよ、という畑中先輩の声にみなが頷く。

そうだ、これで終わりじゃない。

とにかく敗者復活戦を勝ち抜き、四位までに入ることが今のやるべきこと。

敗者復活戦初戦では、かつて成瀬先生が率いていた強豪校とあたる。

「勝ってこいよ。今のお前たちが負ける相手じゃない」

そう言って笑った先生の顔に、ほんのわずかだが寂しさのようなものを感じたのは、凛だけだったのか。

今度は、様子見することもなく、初っ端から全力で対戦した。

その試合を、ほぼこちらのペースで勝ち取った時、先生は、よくやった、次も勝つぞ、そう言って畑中先輩と握手を交わした。

その時の先生の表情には、もう憂いは欠片もなく満足感だけが漂っていた。

成瀬先生もこうやって、試合ごとに、未だに葛藤し成長しているのかもしれないと思うと、初心者の凜の先は長いなとしみじみ思う。

これで四位以上が決まり、関東大会への切符は手に入れた。

あざみ野高校は、三位決定戦に臨んだ。相手は、やはり、思いがけず敗者復活戦に臨んだ椿女学院だった。

お互いに、欠点も長所もわかっている相手だ。

前半から拮抗した戦いになり、インターバルでは10対10の同点。

「負けても行ける、とか考えてないよな？」

成瀬先生が、みなを試すように訊く。

まさか。誰一人、そんなメンバーはいないはず。だけど？

「宇多、お前、パスばっかしてんじゃないよ」

「すみません」

そういえば、今日の宇多先輩は、シュートが少ない。

「右45度と左45度、代わるか？　端野の左利きの優位性はなくなるが、そのほうが相性がいいかもしれないぞ。身長差とか、プレースタイルとか見ているとな」

ああそうか、相手の左バックがかなりの長身なので、身長のない宇多先輩は、かなりやり辛いのかもしれない。

凜も頷く。

宇多先輩も、一瞬の迷いを振り払うように大きく頷く。

どうせ、ポジションは目まぐるしく変わっていくものだ。もし、左利きを有効に使いたいのなら、そのチャンスがある時に、その場所に飛び込めばいい。

後半、そのポジション変更が功を奏し、宇多先輩のシュートが決まり出し、そのおかげで、凜のマークが緩くなり、凜も何度か連続でシュートが入るようになった。

自チーム内だけでなく、相手のチームのそれぞれの特性を見てバランスを取る。

成瀬先生のお仕事は順調らしい。

調和がうまくいけば、動きもスムーズになる。

この大会、一番のいい攻撃が続いた。

後半、宇多先輩はチーム内最多得点を叩き出し、終わってみれば、26対18。椿女学院相手には今までなかった大差での勝利となった。

あざみ野高校女子送球部は、創部以来、初めて、県で三位になった。

その高揚感とともに、関東大会へ乗り込んだ。

一回戦、栃木二位の学校との戦いになった。

接戦でこれをものにしたが、次の二回戦、千葉を一位で通過したチームに8対36、ととんでもない大敗を喫した。

これは、凜がこのチームを知ってから、一番の大敗だった。

守っても、その時々の弱点をつかれ簡単にシュートを許してしまう。

攻めても、攻める寸前に芽をつまれる。

手も足も出ない、とはこういうことをいうのか。

凜にとっては、バスケットボール時代も含めて、これほどの敗北感は、初めての経験だった。

点差が開くほどにリズムが悪くなり、足が止まり、スピードがなくなっていく。

あがけばあがくほど、チームの調和は崩壊していった。

ただ、後半最後のタイムの成瀬先生の言葉で、その試合は、負けただけのなんの成果もなかった試合ではなくなった。

8点のうち、6点は、そのタイムの後、後半残り一〇分で入れたものだ。

「こんなもんかな、今のうちのチームじゃね。端野、とりあえず、お前引っ込むか？　後半は1点も入れてないし。安東もダメだな、足が動いとらん。後輩に関東の空気だけでも味わわせてやるといい。ベンチで休め」

安東先輩は頷き、凜は頭を振った。

「最後までやります。走るし、点も取ってきます。ただ、チームワークには貢献できません」

成瀬先生は笑った。お前は、本当にあかんやつやなあと。

似非関西弁だ。だったら、このまま、凜を使ってくれるはず。

だから凜は居直った。

チームのリズムが悪いから、それを言いわけに自分のリズムも崩しては意味がない。

今、このチームで一番の点取り屋は凜だ。

なけなしの2点は、凜が、左利きの優位性を跳躍力で後押しして取ったものだ。

凜は未だにチームワークの重要性がわからない。

まったくではない。それが大事なんだ、と思えることもたまにある。

ただ、他のチームメイトのように、それが一番大事なんだと言い切ることができない。

だからこそ、大きな大会で強い相手に対して、なんとか、チームワークで点を取りたかった。それが大事だ、と心身で知りたかった。

いつも以上にパスもまわしたし、ガードにも献身的に身を費やした。

でも、と思い直す。

凜だけなら、取れた点もあった。きっとこれからもある。

最後まで1点でも多く取る。

その分、取られるだろうが、仕方ない。どうせもうどうあがいても、勝つことはできない時間と点差だ。

それなら、見せてみたい。

それでもできることがあることを。

凜は、右サイドに入る。誰の許可も得ていない。ただ、成瀬先生が、凜を使い続けると決めたのだから、同じことだと思った。

本来そこにいるべき板野先輩は、凛を見て、少し笑って何も言わず右バックに移動した。

水野先輩には、できるだけ速く球を前線に投げるように言った。

先輩のコントロールだと、25メートルぐらいでしょうか？　その辺りに、絶対にいますからと宣言もした。

呆れ顔で、それでも先輩は頷いた。

宣言通り、水野先輩が球を手にすれば、そう予想できれば、凛は走った。走り過ぎず、パスが取りやすい場所まで。

そこからは、練習に練習を重ねたドリブルで駆け抜ける。

それを見ていた成瀬先生が、残り五分で智里を投入した。

結果、ドリブルはやめ、凛を追い抜き駆けて行く智里に球を送ることができた。すぐにその背中を追いかけ、少しでも智里がミスをしそうなら球を戻すよう声をかけ、凛がシュートを決めた。

守りに入っても、技術が足りないのなら、とパワーであたった。

それなりに大柄な凛の、なりふりかまわないパワープレーに相手も今までよりはダメージを受けた。

警告も受け、相手にペナルティの七メートルスローも与えた。

それでも、誰も凛を責めずガッツポーズで応えてくれた。

同じように、最後の五分、守り専用に鏡が投入された。

成瀬先生は、さらに、凜の意図をくんでくれたのだ。

負けることに意味はないと言った先生が、負けることにも意味を見出そうとあがく凜のために。

鏡は、よく機能した。

相手のポストは、鏡の想像以上の圧力に、完全につぶされていた。

しかも、意外にも、鏡は見かけ以上に俊敏で跳躍力もある。鏡が、ゆさぶりや高さにも強いということがわかって、他のメンバーも必死になった。

自分のレギュラーポジションが、危ういからだ。

あと少し洗練された鏡なら、ポスト以外にもサイド、バック、センターとどこにでも使える。もちろん、キーパーにも。

最後の笛が鳴るまで、凜は走った。凜だけじゃない、全員が走った。

あきらめず走っても、どうにもならないこともある、それも知った。

わかっていたけれど、身をもって知った。


試合後、成瀬先生を囲んだ。

レギュラー陣も、ベンチの選手も、応援で観覧席にいたメンバーも、全員が。

これほどの大敗を経験した、そんな時、指導者は何を言うのか？

次にこれを活かせるよう明日からまた頑張ろう。

そんな感じだろうか。

それとも。

すべて俺の責任だ、とか？

先生の第一声は、これだ。

「お前らなあ、いくら端野がアホでも、一緒にアホになってどうするよ？　とにかく相手より速く走ればいいってもんでもないだろう。だったら、マラソン選手にでもなれよ」

なんだと？

あれは、ちょっといい感じだと思ったのに。

これがチームワークなのかとも感じたのに。アホだと？

「でも、私のサイドシュート、あれ、よかったですよね？　端野さんが、自分にパスしろっていうのを無視して打ったから、外れたらまた睨まれるところだったけど」

先生は智里をチラッとみたけれど、本当に小さなため息だけをかえし、凜をじっと睨む。

「最後の一〇分で6点を入れたのはいい。けどな、とられた12点のうち半分は、端野、お前の無謀な動きのせいだから。差引ゼロじゃ、大口叩いた責任はとってもらわんと」

退部届でも出せばいいのか。

退部届は、今も定期入れにある。

だけど、嫌だ、まっぴらだ。

今でもハンドボールが大好き、だとは思えない。

でもやめたくはない。

凜は自分の今の気持ちをどう表現していいのかわからないが、ここへきて、あれだけの大敗を喫したからこそ思うのだ。

このままじゃ終われないと。

「嫌です。いつも、どんな時でも、責任は先生がとって下さい」

だから、凜は、きっぱり言う。

そういう約束だったはずだ。

成瀬先生は、凜の無謀さを薄笑いを浮かべながら眺め、途中で交代もさせなかった。

ようするに、共犯者だ。というか首謀者だ。

「ですね、責任は成瀬先生がとって下さい」

宇多先輩が言う。

珍しい、宇多先輩が凜の肩をもってくれるなんて。

「そうです、先生がとるべきです」

安東先輩もそう言ってくれた。

「あの、できたらわかりやすい形で」

智里が上目づかいで言う。

他のメンバーは俯いている。

みな、笑いをこらえているのだ。

ようするに、みなこの大敗にめげてなどいない。

もっと言えば、それより、今、お腹が空いているほうが問題だと。

あの最後の一〇分、いや五分に、それぞれに何かを得たのだ。

智里が、ドーナッツ、ドーナッツ、と小さく呟いている。

全員が、それぞれに頷いている。

「お前らこんな大負けして。俺のおごりを期待してんのか？」

「でも」

「畑中、なんだ？」

「最後の五分、わくわくしました。あの五分でつかんだものは大きいです。これを、活かせなかった時はアホと呼ばれても仕方ないです。その時は、先生だけじゃなく、アホのおもとの端野には責任をとってもらいましょう」

成瀬先生が、わざとらしく肩をすくめる。

なんでやねんと。

こっちが、なんでやねん、だ。先生はともかく。

「ということで、今日は、先生だけのおごりで」

念押しする智里に、控えめな笑いが広がった。

負けたら意味がない、と以前、凜にだけ成瀬先生は言った。

でも、意味なんてあってもなくてもどっちでもいいのかもしれない。

その先をどう行くか、どんな結果を見せられるのか、すべてはそこだ。

すぐにインターハイ予選が始まる。

この舞台が、三年生たちには最後の公式戦になる。

あざみ野高校は、予選を免除され、決勝トーナメント、つまりベスト8からの出場になる。

初っ端の相手が、前回、敗北を喫した山野辺高校だ。

山野辺高校は関東大会を初戦で敗退していた。

あざみ野高校は、一回戦を勝ち抜いたおかげで次の大敗も経験できた。

だからこそ、絶対に負けられない試合だ。

「最初から、ガンガン行くよ」

畑中先輩の声にみなが頷く。凜をのぞいて。

「端野、なんか不満？」

「ガンガンって」

なんかダサい。

「ガンガンでいいんだよ。あんたは、ガンガン走って点入れなよ。まあ、私の方がガンガン、だと思うけど」

宇多先輩が凜の肩を小突く。

「ま、じゃあ、ガンガンいってくれ」

成瀬先生の笑いで、凜たちはコートに入った。こちらのスローオフからゲームが始まった。

凜は、最初の1点を狙っていたが、生憎、ガンガンモードにマジで突入した宇多先輩に、鮮やかなロングシュートを決められた。

安東先輩も、ノーステップでセンターから、会場のどよめきを巻き起こすようなシュートを決めた。

畑中先輩も、ポストの麻木先輩までも、ガンガンモードだ。

麻木先輩は、ここには自分がいるというアピールでもあるのだろう。

あくまでも練習試合でだが、鏡が、麻木先輩と交代でポストに使われるようになった。

それが、麻木先輩の自尊心を刺激し、チームとしての活力にもなった。

凜も、決してガンガンモードだと自覚はないが、右バックとして得点を重ね、宇多先輩がそれを追い抜き、チームの頼れるエースとなった。

問題は、智里だ。

せっかくコートに出るチャンスをもらっても、それを活かせない。

ここへきて、足だけではもうだめだと智里自身もわかっているはずだ。以前よりはましだが、それでも他に比べて、シュートの成功率が低すぎる。

負けたらそれまで、一試合も落とせないインターハイ予選だから、足を引っ張るほど出場機会もないが、先を見据えれば、このままでいいはずがない。

智里が得点源にならなければ、この先、チームは、絶対に全国には出られない。

このインターハイ予選で県の代表になれなければ、畑中先輩他、現三年生の部活は終了する。

主力メンバーが抜けたあと、凜と智里、そして忍野、鏡、このあたりが経験を活かして次のチームを引っ張っていかなければならない。

畑中先輩一人しか、本気モードの試合経験がなかった今のチームに比べればましだが、それだけでは絶対に足りない。

関東大会で、皆がそれを知った。

凜は、もう間違いなく、夏合宿の頃からは、キーパーとして次の一年を過ごすはずだ。

成瀬先生の指示で、関東予選の頃から、凜は時々、キーパーとしての練習を水野先輩と別枠でこなしている。

これまでの一年、凜は、コートプレーヤーとして様々なポジションを経験したが、それがすべて、キーパーとしての凜を育てるための、とても贅沢な、チームの犠牲と献身にささえられたものだったと、今ならわかる。

先生は、凜の強さというか傲慢さを犠牲にしてチームを育てると言ったが、結果としては、それが反対になっている。

もしかしたら相互に与え合ったのかもしれないが。

それももうすぐ終わる。

凛がゴールを守るようになれば。そこを起点に、コートの攻撃の要になるのは、智里であるべきだ。

忍野も成長した。めったなことでビクビクすることもないし、臆することはなくなった。それでも、凛のような点取り屋にはなれていない。

鏡は、守備で安心感をチームにくれるが、攻撃面では、まだまだ不器用な面をみせている。ポストとして、これからの成長を願うばかりだ。

おそらく宇多先輩の後、左バックには、凛たちの同期でベンチには必ず入っていた茂木《もぎ》杏《あん》が、右バックには、ムラはあるが運動能力の高い古瀬《ふるせ》七緒《なお》が、そして畑中先輩の代わりの左サイドには一年の経験者で足の速い銀山《かなやま》礼《れい》が定着していくはずだ。銀山は、中学の時は右サイドだったらしいが、器用な子なので、左サイドもうまくこなすはずだ。

なんにせよ、あの夏を乗り切れれば。


結局、智里のシュート力という大いなる課題を残したまま、あざみ野高校女子送球部は、インターハイ予選を三位で終えた。

準決勝で、やはり山手北高校に敗れての三位だった。

ここで引退の決まった先輩たちは、試合の直後こそ涙を見せたが、家路につく頃には、晴れやかな笑みを浮かべていた。

「後は頼んだから。来年は、全国大会の切符を絶対手に入れてね。じゃないと、私たちのレガシー、なかったことになるからね」

畑中先輩の言葉に、真っ先に頷いたのは、智里。

一番問題ありのくせに。

その後、凜以外が次々とハイ、と返事する。

「端野、お前なんで返事しないの？」

おきまりの宇多先輩からの突っ込みだ。

「最後に、宇多先輩のそれを聞きたかったからです」

皆が笑った。

「じゃ、端野もやる気はあるんだ？」

「気だけじゃありません。実行しますよ。このチームで全国に行きます」

そして、そこでも足跡を残す。それが目標だ。

それができるだけの経験を、先輩たちはこのチームに残してくれた。

「智里ね、あんた頑張りなよ」

畑中先輩が智里の頭を撫でる。

「智里は、ぜったいできる子だから。智里が、このチームの得点王になんないと」

智里が笑って、それから泣いた。

「でも、シュートが決まんないんです。練習してるのに。マネージャーにも、いつも居残ってもらってるのに」

「なら、その練習、マネージャーじゃなくて、端野とやりな」

「そうね。身体の使い方って、いい見本があるとわかりやすいし。それに端野にもいい影響があると思うよ？」

ないと思うが。

智里に習うことがあるとは思えない。

「人に教えると、自分も成長するって」

「よく言いますね。誰も私に指導らしきことしてくれなかったのに。水野先輩だけですよ」

「それはしかたないじゃない」

宇多先輩が口を歪める。

「だって、お前、生意気だし。教える前に身につけてるし。キーパーの技術は、てんでダメだから、水野は仕方なく教えたんでしょうよ」

なんか、寂しい。この嫌みも最後かもと思うと。

「でも、まじ、あんたがついて智里のシュート力をあげないと、全国は無理だよ。あの速さのまま突入してても、しっかり決められる技術とメンタル。それは、端野以外に誰もわかんないことだから」

宇多先輩が笑った。

まっすぐに。とても晴れやかに。

だから、凜も素直に頷いた。


新しいチームの主将には忍野マキが選ばれた。

成瀬先生の、文字通り鶴の一声で決まった。

忍野は、泣いた。

絶対無理だ、嫌だと。

凜は、それを嗤った。

「なら、部活やめるしかないけど？」

「なんで？　主将が嫌なの。部活は続けたい。だって、リーダーシップもないし、一番うまいわけでもないのに」

「リーダーシップね。正直、うちらの代にそんなもの持ち合わせてる人間、一人もいないから。なんだかね、ふつうなら一人ぐらいはいるもんなのにね」

「凜にはあるよ、リーダーの資質」

忍野が涙目で言う。

「凜は、唯我独尊だもんね。無理無理。できない人の気持ちわかんないから」

智里がそれを笑う。

まったくそのとおり。

それにしたって、言うようになったもんだ。自分の課題もろくにこなせてないのに。

「プライド高すぎるっていうのも問題だしね」

茂木も笑う。

「凛てさあ、でもプライドは高くないんじゃない？」

智里が、今気づいたように言う。

「なんで？　いつも超上から目線だけど？」

「でもさ、納得した時は、案外素直にふんふん頷いてくれるじゃない？」

「あれ？　そういえば。じゃあ、なんでこうもコミュニケーション、とり辛いんだろう？」

智里が、今さら、右手をまっすぐ上げる。

「はい、チリ」

つられて忍野が、先生のように、智里に掌を向け指名する。

ちなみに、智里は、同期から、「チサト」ではなく「チリ」と呼ばれている。

気づけば、いつだって、忍野は、ちゃんと仕切り役になっている。

だから、主将に向いていると思うのだけど。

「凛のプライドは、低すぎるんだと思います。跳び箱でいうと、八段に見えるのに、実際跳ぼうとすると三段くらいで、低すぎて跳び方がわかんないっていうか」

おおっと、皆から声があがる。

「つまり、凜の扱いづらさは、こっちの目がちゃんと本質を見てないってことが原因か」

忍野がつぶやく。

「非難する前に、反省だね」

そんな忍野を、みんなが微笑んで見ている。

やっぱり向いてる、このチームの中心には、という顔で。

「それに端野先輩は、キーパーとして今までと違うステージに立つわけだから、それどころじゃないんじゃゃ？」


鏡、あんたは、わかっているのかいないのか。

今までの経験も、すべて、この競技が初心者だった凜のための、この先の布石だったとわかって言っているのなら、正しい。

コートプレーヤーとキーパーが別物だと思っていて、ステージが違うと言っているのなら間違い。

「大丈夫。主将の仕事なんて決まりきったことばかりなんだから、書きだして覚えればすぐできるって。だれも、マキにリーダーシップなんて求めてないから」

凜が、わざと、どうってことない、という口調で言う。

そういえば、凜も、いつのまにか、忍野を名前で呼ぶようになった。

「何を、じゃ、求められてるの？」

「成瀬先生のお守《もり》？」

笑いをかみ殺して、古瀬が言う。

「もっと嫌だ」

忍野が、引っ込めた涙を再び呼び戻す。

「先輩泣かないで。学校一の美人の忍野先輩が主将だと、うちの学校のステータスがワンランク上がるから、いいじゃないですか」

後輩の銀山が言う。

銀山と書いて「カナヤマ」と読むが、智里が、初めに「ギンザン」と呼んだので、彼女は、みなにギンちゃんと呼ばれている。

「上がんないよ。相手が男子ならなくはないけど」

わりと、適切なことを忍野は泣きながら答える。

「とにかく、もう決まったことだから、みんなでアシストするから頑張んなよ。先生のお守の仕方は、畑中先輩から教えてもらえばいいし」

その後も、忍野の不毛な涙交じりの愚痴は続いたが、後は聞き流し、最後はみんなで出し合ったお金で、忍野にドーナッツとアイスカフェオレをご馳走してお開きになった。

翌日の練習の前に、誰が言いだしたのか、跳び箱を三段にして跳んでみることになった。

練習後の体育館のトイレの清掃を引き受け、代わりに一〇分とはいえ、練習時間を削られたバド部はあきれ顔だったが、最後には、自分たちも跳んでみて、跳びづらさを共有していた。

最後に凜が、手を使わず、ひょいっとそれを跳びこす。

この高さなら、それで十分だ。

「ああそうか。そうやればいいんだ。さすがに自分のことはよくわかってるねえ」

古瀬が感心したようにいい、バド部の連中までが納得したようにフンフン頷いていたが、はっきり言いたい。私は跳び箱じゃないし、三段でもないと。

それに、三段とはいえ、こんなふうに手を使わず軽々跳び越えられるのは、凜だからだ、とも言いたい。

しかし、もちろん、凜は黙っていた。よけいなことを言えば、色々尾ひれがつくからだ。


そして、凜にとっては二度目の夏合宿を迎えた。

二度目だが最後でもある。来年の今頃は、部活を引退しているはずだ。

くそ暑いのに、なんで受験勉強の時間を削って、あるいは娯楽を犠牲に、仕事の疲れをおしてまで、先輩たちは合宿の手助けに通ってくれるのか。

ちょっとしたノスタルジー的なものなのか、などと想像していたが、朝一番でやって来た宇多先輩に鼻で笑われた。

「せっかく、引退できてこの苦しみから逃れられるのに、ご苦労さまです」

そんな凜のセリフがお気に召さなかったようだ。

「だから、端野はボケなんだよ」

アホ、とは成瀬先生に言われたことがあるが、誰かに、ボケと言われたのは、生まれて初めてだった。

「チームっていうのは、コートに出てる七人だけじゃないんだよ」

「わかってますよ。ベンチも観覧席もひっくるめて同じチームだっていうことでしょう？」

やれやれ、というように宇多先輩が肩をすくめる。

「あんたは、頭がいいからあまり間違わない。けどね、いっつも足りないの」

足りない。何が？

「そんなことは当たりまえで、あんたが本当にそう思っているかどうかは別にして、そういうものなんだろうな、そう言っておいたほうが面倒がないな、なんて思っているのは知ってる」

図星すぎて、答えられない。

「でも、それだけじゃだめなの。チームっていうのは、ずっと繋がってるものだから。あんたにわかりやすく言うと、矢部先輩の時も、水野の時も、そして端野の今も、来年の誰かも。その前もこれからも」

まあ、そう言われればそうなんだろうが。

だけど、現役の凜たちと、日々の練習から遠ざかった人たち、あるいは別のチームでプレーしている人たちは、同じではないはず。

「だから、来る。後輩のため、とかじゃなくて。チームの一員として、まずは自分のために。自分がどこで育てられ今どこにいて、これからどこへ行きたいのか、それを確認するために」

ああ、それなら理解はできる。

自分のために。凜が、このチームを離れても、それが理由なら、ここへ来る。

宇多先輩は時々、いいことを言う。

「なるほどね。じゃあ、頑張って自分磨きしてください。たった一か月半で落ちた自分の体力にがっかりしない程度に」

「マジ、ムカつく」

けど、なんかホッとするよね、端野の憎まれ口とちょい歪んだくちびる見るとさ、と続いてやってきた畑中先輩が宇多先輩の肩を叩く。

「まあ、こいつはぶれないよ。成長しても強くなっても、ダメなとこはちゃんとわかりやすく持ってるしね」

「そこだよね。それっていいよね」

悪口しか言われてないのに、いいよね、と言われても。

まあ、いいんだけど。

この二人は、別々ではあるが、女子ハンドボール部の強豪大学からスカウトを受けていて進路もほぼ決まっている。だから朝一番からやってきて、後輩を揶揄する余裕があるのだろう。

けれど、進路の決まっていない他の先輩たちも、次々とやってきて、中には受験勉強に必死になっているべき人の顔もあり、凛はため息をつく。

本当に、この人たちは、バカだ。ハンドボールバカ。

「あ、矢部先輩」

宇多先輩が声を上げる。

その声に凛は、次のため息を飲みこみ顔を上げる。

成瀬先生が、キーパーとして本格始動する凛のために、体育大学で今も現役のトッププレーヤーとして活躍している矢部先輩を招いたと、すでに聞かされていた。

久しぶりに見る矢部先輩は、あの頃より、なんだかずっと大きく見えた。

太ったとか、ましてや背が伸びたわけではないはず。

纏う気のようなものが、大きくなった、そんな感じだ。

矢部先輩は右手を軽く上げて、おはよう、と他の部員たちには、まとめて簡単に挨拶をする。

そして、まっすぐに凛たちに向かって歩いてきた。

「久しぶり。今日は、基礎練習の前半が終わったら、私と別メニューになるから」

「よろしくお願いします」

軽く頭を下げる。

その頭をがっしり宇多先輩につかまれる。

「もっと、しっかり下げる。人にものを頼む時には」

ちょっとムカついたが、もう一度深々とお辞儀をした。

「いいよ。端野に殊勝な態度で迎えられても、気味が悪いし。傲慢なのも、時にもめ事を回避するためだけにおりこうさんの振りをする、っていう慇懃無礼なのも、彼女の持ち味でもあるわけだから」

ずっと、仮面をつけて過ごしているつもりで、素顔はバレバレだったと、今さら知っていたたまれなくなる。

今年は、朝食を済ませて八時に集合ということにした。七時五〇分には、全員が集合した。

主将である忍野が、まず、朝早くから来てくれた先輩たちにお礼をいい、今日のスケジュールを体育館に持ち込んだ白板に貼り、簡単な流れを説明する。

毎年、同じことをするわけじゃない。

その年、そのチームに足りないものを補う。特に今回は、凛がキーパーとして本格始動するためのメニューも盛りだくさんだ。

体育館を使える、この恩恵を十分に、凛だけでなくチームが甘受しなければならない。

もちろん、例年と同じことも嫌になるほどある。

基本は、ラン。

去年より、いっそう暑い中を、とにかく走る。走り抜く。

一緒の時期に陸上部も合宿をしているから、よけいに煽られる。

しかし、これも成瀬先生の陰謀だろう。

陸上部にも負けるな。そうでないと、勝ち抜けないと、無言の圧力か、あるいは愛のある激励か。

その陸上部の長距離選手たちが舌を巻くほど、送球部は、男女ともに走り抜いた。

特に、凜たち二年は、これがどれほど大切なのかを知っているから。一秒も、無駄にしないで汗を流した。

それでも、意外なことに、一年も誰もリタイアする者はいなかった。

もちろんひどく遅れる者もいた。ふだんの練習では考えられないほどの距離をすごい速さで走り抜くのだから。

それでも、どんなに遅れても、必死で最後まで走り抜き、最終日には、一年ながら、二年を追い抜いてくる者も出た。

それを見ていた陸上部が、今までにも二度ほど短距離の助っ人を智里に頼んでいたが、長距離にも何人かスカウトしていた。

もちろん、陸上部に恩のある智里以外はきっぱり断った。そんな余裕は一ミリもこの部にはない。

それこそ、今以上の汗をかかないと、全国大会への切符は取れない。

他のチームもそれぞれに汗を流しているはずだ。

そういえば。

一年の銀山は、母親が習字教室をやっているとかで彼女自身も字が上手く、こんな言葉を、長さのある半紙に書いてきて、白板の隅に貼った。

目指せ　苦しみの向こう側

向こう側にあるものは何なのか、凜が思うものと他のメンバーが思うものは違うのかもしれない。

凜にとってのそれは、新しいチームだ。

この一年でおぼろげながらわかったのは、チームワークというのは、助け合うということではないのだということ。

でも、だから何なのか、と問われれば、未だ凜の中に正解はない。

時々に、答えは微妙に変わったりもする。

ただ、二度目の合宿に入って新たに思うことはある。

チームであるということは、その先にある光を見つめて、ともに苦しみ抜き、あがき、阿吽の呼吸を得ることなのかもしれない。

ずっと、ランの先頭でチームをひっぱりながら、今の凜はそう思う。

振り返りはしない。

考えごとをしながらでも、誰も、凜を抜かせないことはわかっている。

昨年の畑中先輩のように。

ゴールを守ることを決めた以上、だからといって手を抜けるところなど何もない。

なんにせよ、ランでトップを守り続けること。

一番の得点源である凜をコートプレーヤーから外し、このチームのゴールを守ることを、成瀬先生は凜に委ねた。

つまり、夏合宿では、その凜がコートに出なくても点をもぎ取ってくるために、まずは走力をチームにつけないと。

凜に、チームのみんなに、言葉でそれを説明する能力はない。

逆に、凜がそれを口にすれば、反発が広がるだけかもしれない。

それなら、できることは一つ。

常に、トップを走ること。

この一年で、このチームの誰より、実戦の経験を与えてもらってきた。

凜の運動能力が高かったというより、成瀬先生が、経験を活かせるだろう凜のポテンシャルに期待してくれたからだ、と今ならわかる。そして、居場所を譲ってくれた先輩たちもそれを了解してくれたからこそ、今の凜がある。

凜は、ラスト一周になると、いっそうギアをあげた。

なんとか縋るように二番目についていた忍野が、ヒェーと声を上げる。

直線で少しだけ振り返ってみる。忍野の後ろから、古瀬、そして智里と茂木が続く。

その位置ではダメだ。せめて、凜の背中にぴったりつくようでなければ、智里、あんたはエースにはなれない。

背中にその想いを乗せる。

智里は、いったん離されたようだが、最後には、なんとか茂木を抑えてゴールした。

まあ、初日ならそんなものだろう。

凜は、タオルで汗を拭いながら、体育館に一人で入る。

言われる前に、十分に水分をとり、身体をほぐした。


蒸し暑いが、グラウンドではなく体育館を使える喜びに浸りながら、凜たちは基礎練習をこなす。

三年生の先輩たちは、ランを三分の一ほど一緒に走り、基礎練習も、要所要所で、特に一年に見本を示しながら一緒にこなしていた。

一か月半のブランクはあるとはいえ、基礎練習でも、まだまだ一年生には先輩から学ぶことが多いはずだ。もちろん、凜たち二年生も。

夏合宿は、その先に何があるにせよ、想像以上の苦しみを乗り越えることに、まず、第一の意義がある。

けれど、ただがむしゃらにやればいい、というものでもない。

昨年の自戒もこめて言えば、限界を超え、つぶれてしまう直前に、自らを労わることも必要だ。それができなければ、先に進むことができず、苦しみはただの苦しみに終わる。

もちろん、成瀬先生や、高橋先輩に代わってしっかり者になってきた馬淵マネージャーが全体を見ているが、それだけでは足りない。

人数的に限界があるからということもあるが、同じ苦しみを分かち合った経験者にしかわからない加減があるから。

今思い返せば、昨夏の合宿でも、同じことを、卒業した大倉先輩たちが担ってあの夏合宿に参加してくれていたのだ。凜が未熟すぎて、辛すぎて、周囲が見えていなかっただけで。

二度目の給水を終え、凜は矢部先輩と別メニューになる。

基本的なことは、指南書で頭に入っている。

手や足は、やや曲げて構える。両手や両足を伸ばして構えると、どうしても反応が遅れてしまうから。

腕は、前で構え、肘から肩までの二の腕が床と水平になるくらい上げ、手のひらは軽く開く。

ボールが身体にあたる面が広くなるよう、シューターに正対すること。

反応をよりよくするために、足を肩幅程に広げ膝にゆとりをもたせる。上半身はやや前傾に。などなどだ。

「今、重心はどこにある？」

凜がとった構えを見て矢部先輩が訊く。

「足の真ん中？」

「それじゃダメ。あと少し、つま先に寄せないと。イメージしてやってみて」

頷き、やや、つま先寄りに重心を寄せる。

「いいね、それで、対応が速くなる。コンマ何秒かだけど。結局それで主導権が変わるから」

なるほど。

「端野は、能力が高いから、今までは本能で動いてもそれなりにキーパーをこなせたんだろうけど、やっぱり、てっぺん取るには、基本が大事。基本が盤石でないと、レベルが上がるにつれ、足りないものが出てくるから」

また、足りないだ。凜に与えられるアドバイスの、キーワードはこれだ。

「シュートを受ける時、端野は、動体視力と野性の勘みたいなもので、瞬発力を頼りに動き出すでしょう？　手から、あるいは足から。それでも、できちゃうとこが怖いんだけど、でも、本当は」

矢部先輩が、見本を示す。

「こうやって、身体の真ん中から動き出す方がいいの。その後、手足を補助に使う」

「身体の真ん中？」

「わかりやすく言うと、身体の真ん中にボールを自分で当てに行く感じかな」

矢部先輩が、凛に軽くシュートを打たせ、自ら見本を示してくれる。

真似をしてやってみる。二度三度やると実感する。

そうすると、今までより、守備範囲が一気に広くなることを。

「これを、自然にこなすようにするには、腹筋を鍛えておくこと。試合中、ほぼここに力を入れておかないとダメだから」

そう言って、矢部先輩は凛の腹筋に触れる。

そして笑う。もう十分だね、これを維持して、と言って。

何度も、つま先寄りの重心と腹筋に力をこめることを意識しながら、身体の真ん中で球を受ける練習を繰り返す。

それから、チームの練習に合わせて、ゴールに入ってみる。

「今日は、止めることより、基本に忠実に。まずそれを染み込ませて、それからシュートの勢いを殺して足元に落としたりする技術に進んだ方がいいから。といっても、端野の場合、応用の方は、もうそれなりに身についてんだよね。問題のない形で」

よくはわからないが、何となくはわかる。

合宿前に、買ったキーパー専用の指南書には、球が当たる瞬間に腕を内側にひねり、肘の力を抜きながら、引くように止める、とあった。

自分の姿を外側から見たことはないが、球は、よく、凛の足元に勢いを失くして転がっている。

おそらく、長い間球技を経験していたおかげで、球の勢いの殺し方、のようなものが身についていたのかもしれない。

「とりあえず、右下か左下、みんなは、どっちかだけを狙うから反応してみて」

実際にゴールに入り、球を受ける。

指南書に書かれていたこと、それをかみ砕き、より具体的に教えてもらったことは頭にあれど、身体はすぐについていかない。

今まで、勘と能力だけで対応していた時の方が、止められていたような気もする。

「腐んないで、前を向いて。繰り返しの中からしか得られないものはあるんだ」

そんな凛の気持ちを読んだように、矢部先輩が言葉をかける。

そうなんだろう。

正しい言葉には、ムカついたって、どこか背中を押す力がある。

凛は、黙々と、チームメイトからのシュートを受ける。

そんな中、気づいた。

智里のシュートの威力が上がっている。

コースはまだまだだけど、その速さで、凛の指先を弾いていくこともある。

コースは、次に上部に限定される。

これは、凜より、他のメンバーが苦労している。右上、左上にキーパーにとられないようにシュートを決めるのは、技術的にも結構難しい。ボールが枠を外れることも多い。

何より、身長172㎝という凜は日本人の女子高校生としてはかなり大柄だ。しかも跳躍力があるので、それを知っているからこそ、相手には力みが入る。

「いいキーパーがいると、チームが強くなる。その意味がわかった？」

給水タイムに矢部先輩が訊く。

「なんとなく。今までは、試合で点が入れられにくい、ってことだと思ってましたけど、違うんですね。点を取り辛いキーパーといつも一緒に練習できること？　だったんですね」

矢部先輩が頷く。

矢部先輩の代に、グッとチームが強くなったのはつまりそういうこと。そして、凜も、その恩恵をうけていたのだ。気づいていなかっただけで。

でも、きっと他のメンバーはわかっていた。だから、あの最後の試合で、矢部先輩にチームとして報いた。

矢部先輩に足りなかったものを補うことで。

「水野も、いいキーパーだった」

矢部先輩の言葉に凜も頷く。

「端野みたいな、特筆できるポテンシャルはなかったけれど、一番必要なものは、ちゃんと持っていた」

一番必要なもの？

「端野にもそれはある。でも私には足りなかった」

そう言われて、あれかと思い当たる。

「怖がらないこと？」

あんたは、ほんと遠慮ないね、と矢部先輩が笑う。

「球だけじゃなく、色んなものにね。怖がらない、これが一番大事」

凜は頷く。

シュートの場所を限定しながら、練習は続く。

最後にコースを限定せずにシュート練習をする。もちろん、凜は、ゴールを守る。

不思議なほど、セーブ率が上がっていた。

それまでにした練習で、メンバーの、コースを狙うくせのようなものを身体が覚えたようだ。

そして、昼食をはさんで恒例のお昼寝タイム。

昨年の凜たちのように、一年生は、どこか物足りなそうで身体を横にしても眠るまでにはいたらなそうだ。鏡を除いて。

そういえば、確か、鏡は趣味は昼寝、特技はどこでもすぐ寝られること、だと言っていた。

凜は、もちろん、目をつむって眠る態勢に入る。

この先の運動量を考えれば、必要不可欠な休息だから。

昼寝タイムが終わると、ストレッチ、ラン、基礎練習、と同じことが繰り返される。

そんな中、今度は、凜は、トレーナーの小西さんに委ねられる。

「端野さんは、身体の柔軟性が、少し、足りないよね」

そう、足りない。またまた、足りない。いつも、少し、と言われるが、足りないものは足りないのだ。

とりあえず、股関節の柔軟性を高めるためのストレッチを教わる。

もちろん、今までやっていたストレッチもある。しかし、それだけでは足りないのだから、当然、難度はあがる。

イタッ、イタタッと声を上げる凜を横目で見ながら、笑いをこらえているチームのメンバーの姿が目に浮かぶ。

凜ができなくて困っている姿や、痛みに声を上げる姿などは、今のチームメイトだけでなく先輩たちにも、美味しいごちそうだろう。

いいけどね、それで、みんなが練習の苦しみを少しでも紛らわせることができるのなら。

どうせ、もう一段階先生がステップを上げたら、誰も人のことなんて構っていられなくなる。

「成瀬先生があなたに望んでいるレベルでの柔軟性は、急には無理だからね。でもやんないと。端野さんの柔軟性はチームの基盤になる」

「はい。でも、合宿中にはなんとか」

小西さんは、あっさりそれを否定する。

「無理無理。っていうか、あと三日で、そんな急激にやっても意味ないから。日々、レベルを上げながら続けるしかないのよ、こういうのは」

しぶしぶ頷く。

矢部先輩に合格をもらった腹筋も、日々の努力の賜物で、一朝一夕にできたわけじゃない。身体とはそういうものだと、わかってはいる。

ただもどかしいだけだ。辛いのは、痛みじゃない、できない、という事実だ。

「夜のゲーム練習では、キーパーとコートを順番にやるから」

ストレッチにうめき声をあげている凜のそばに、成瀬先生がやってきてそう言う。

えっ？

今さらなんで。

キーパーとして、少しでも練習を積みたいのに。

しかし、反論はしない。

まずやってみて、デメリットがメリットを上回っている、と感じたら、その時に言おう、と思う。

今、なぜ？　と訊けば話が長くなるだけだから。成瀬先生は、凜に対してまっすぐに物を言わない。だから、納得するには、何度も質問をしないといけない。面倒だ。少なくとも、この痛みに耐えながらしたくはない。

なので、とにかく、はい、と頷いておく。

「なんか、言いたそうだけど？」

「いや、今はいいです」

「端野、お前、面倒ごとはできるだけ避ける、っていうやり方な、試合ではするなよ」

ジンジン痛いのに、ピリッと痛いところをつかれたような。

「得なほう、楽なほうが正解じゃないことのほうが、試合では多いからな」

そう言ってから成瀬先生は、他のメンバーが見渡せる場所に戻る。

「損だよね。ああいうとこ」

「ああいうって？」

「表情っていうか、口調っていうか、いいこと言ってても、冗談か嫌みにしか聞こえないでしょう？」

ああ。

「慣れないうちは、相手にしない子とか、笑いだす子もいたよ。私たちの時は。でも、最近は、あれでマシになったみたいだけど」

凜は眉根を寄せる。

あれで、マシって、前はどれほどだったのか。

「なんかもうちょっと具体的に言ってくれたらって思うしね」

「そうですよね。どこまで深読みすればいいのかわかんない時もあって」

「あるある。私の経験に照らし合わせると、深さはほとんどないの。ほぼ言葉通りで受け取ったらいいよ」

「じゃあ、さっきのは」

「面倒ごとはすぐに処理しろ。真正面から向き合え。言いたいことはその場で言え。なぜなら、試合中は、その一瞬がすべてで後はないんだから、ふだんでもそうすることが必要だってことを言いたいんだと思う」

なるほど、それなら、凜が認識したこととほぼ同じだ。

「具体的にわかりやすく言わないのは、やっぱり、自分で考えろっていうメッセージなんですか？」

「私たちは、ああいう感じでカッコよさを演出してるって思ってたけど」

小西さんは笑う。

なんだか、そんな気もしてきた。

俺って、カッコイイ？　的な演出なのかも。

だとしても、まったく効果はないように思うが。

夜のゲーム練習になった。

成瀬先生の指示通り、凜は、キーパーとコートプレーヤーを交互にやった。

最後の男子相手のゲーム以外は、凜がコートにいる時は、味方のゴールは水野先輩と一年のキーパー希望の室井《むろい》が交互に守り、矢部先輩が必ず相手のゴールを守った。

驚いた。

矢部先輩のことは、もともと全国レベルのプレーヤーだと思っていたが、大学に進み、ますますその技術とメンタルは磨かれたようだ。

矢部先輩相手に、以前はよく決まっていたゴール右上のシュートを、あっさり左手一本で止められる。

速攻でゴール前まで走りこんできても、こちらがどこから打てばいいのか惑うほどの圧迫感がある。

もちろん、すべてが止められるわけではないが、こちらの戦意が萎えるほどには、シュートが決まらない。

攻撃のリズムが狂い、守りにもそれは影響し、ミスが増えた。

一方で、凜のゴールではぎこちないリズムが続く。

焦れても、基本を崩すな、と矢部先輩に言われていた。

今は耐える時と思い、何本ゴールを揺らされても、ひたすら基本の構えで、身体の真ん中にボールを当てにいく、という感覚だけを大事にした。

しかし、いっこうに動作は滑らかにならない。

対男子戦では、昨年の初日を上回る大敗を喫した。

翌日も同じメニューだったが、矢部先輩は自校の練習時間の関係で、夜のゲーム練習だけに参加予定だ。

なので、代わって来てくれた、凜は初対面の四つ上の先輩、木下《きのした》さんに、一年の室井と一緒にキーパーの練習をみてもらう。

木下さんも、大学でもハンドボールを続け、関東大学一部リーグで現役キーパーとして活躍している人だ。

メニューは、矢部先輩が昨日書き残してくれた連絡ノートを見て、大学でスポーツ科学を専攻しているという木下さんが作ってくれた。

元になっている東欧の有名な指導者のゴールキーパー用の練習メニューを、木下さんが、凜たちのために若干レベルを下げてくれたものだ。

いつものキーパー動作確認のための練習に加え、床にはしご状にテープを貼り、その上で、様々な動作を繰り返す。ステップだけでなく、手も様々な動作を繰り返すのでかなり難しい。

他にも、向き合って一方が落とすバトンを空中で摑んだり、ちょっとした障害物を飛び越えてからシュートを受けたりと、ゲーム要素もあり飽きない。

合宿が終わってからも自分たちで工夫しながら練習できるよう、参考になる動画サイトも教えてもらい、練習のレベルを徐々に上げていくよう、アドバイスをもらった。

別メニューを挟みながら、しかし、体力、持久力重視の基礎練習はもちろんみんなと合流だ。

特に、ランは負けられない。

昨日よりも、智里を引き離すが、忍野があとわずかのところまで迫ってきた。

もう限界か、と思ったが、とにかくギアを上げてみる。

心臓は爆発しそうに大きな音をたてているのに、思いの外、足が上がる。

後になって思ったのは、股関節が多少なりとも柔らかくなったことが影響したのかもしれないということ。

涼しくなった夜には、また、コートプレーヤーとしてもゲーム練習に出た。

矢部先輩を相手に、やはり、シュートはなかなか決まらない。けれど、昨日よりは決まるようになった。

どこがどう変わったのか自分ではわからない。

いや、たぶん、凜が、ということではなく、その時々のメンバーとの連係がうまくいくようになったのだろう。

「何かを得ようとするな。結果として実がなればもうけもん、そう思ってやれ」

成瀬先生のアドバイスに従った。

コートでも、キーパーとして、少しでも何かを得たくてプレーしていた昨日と違い、今日は、コートプレーヤーに徹したからかもしれない。

そして、それがキーパーとして入ったゲームで実を結ぶ。

男子相手に、かなりの接戦となった。

男子の力のある球をまともに阻止することは難しいが、チーム全体でそのプレーの力を削いだりコースを限定したりということはできたと思う。

自分たちが矢部先輩を相手にやっていたことを思い返し、指示を出しアドバイスを受けながら先に芽をつぶすことで、阻止することができた。

「けどな、負けは負け。体格やパワーは言い訳にならんよ」

成瀬先生のその言葉は、明日は勝て、そういうことだと思った。

しかし、男子にも意地がある。もはや、女子相手に手加減もない。あの、忍野マキにもだ。ちなみに、忍野の交際は順調らしく、部活を引退した彼氏も、合宿には連日顔を見せ、食事時間などは微笑ましいカップルの姿を見せている。

それが原因なのかもしれない。

こちらも、手加減など望んではいないが。少しその必死さが切なかっただけだ。

結局、三日目も3点差で負け。

最終日になった。

「身体が痛いです。今さら、筋肉痛っぽいです」

　朝一番で、小西さんに相談する。

「今まで、高い能力に頼り切った身体の使い方をしていたのを、急激に改善したからね。ふだんは使っていなかった場所が痛むのは仕方ない。より丁寧にストレッチをすることと、夜、眠る前に、マッサージもするほうがいいよ」

　そう言って、毎日続けられる、簡単で効果的なものをいくつか教えてくれた。

　そして、昨日までとは少し違うストレッチを教えられる。

「でも、いい感じに柔らかくなってるし」

　嘘だ。ほとんど変わっていない。少なくとも実感はない。

「身体の重心移動も上手になってきた。こんな短期間に、剛だけだったものに柔を織り込めたことはすっごい成果だと思う。一過性のものにせず、続けることでさらに本物になるから、頑張って」

　今の言葉には納得できる。全部が嘘ではないのかもしれない。だから、凜は頷く。

「私も、もっともっと勉強する。実は、二年の予定でアメリカに留学も決まったの。戻ってきたら、全日本のトレーナーに応募するつもり。いつか、同じステージであなたとやりたいわ」

　全日本。

　県の代表にさえ呼ばれてないのに。凜には夢のまた夢だ。

「そういえば、端野さん、県の選抜に選ばれたのよね？　なんか怪我で欠員ができて、是非って」

はい？

「先生に聞いたよ。ただ、コートプレーヤーとしての抜擢だから、キーパーとして一歩を踏み出した端野さんに、どう説明すればいいのかって」

「聞いてないです」

「あれ？」

まるで、二人の会話を聞いていたように、成瀬先生がこちらに歩いてくる。

「成瀬先生、彼女に県の選抜のこと、まだ言ってないんですか？」

「決めるには、材料が必要かと思って」

ようやく、疑問が解消できた。

つまり、ゲーム練でコートプレーヤーとしてもプレーしたのは、そのためもあったということか。

凜は、キーパーとして、このチームでプレーすることを決めている。

そうすることが、このチームで全国に行くために一番いいことだと思ったからだ。

コートプレーヤーとしての選抜なら、凜はすぐに辞退するだろう。

しかし、それもまた、キーパーとしての成長の一端を担ってくれるのなら、それがわかった今なら、承諾もありだ。

「で、承諾していいかな？」

「それって、拒否権あるんですか？」

「まあ、あるにはある。嫌がる者を無理やりコートに引きずり出すわけにはいかんし、それでは、寄せ集めのチームがよけいにまとまらんしな。それに、山手北のキーパーの川村な、あれはいいよ。矢部を上回るものも持ってる。特に、柔軟性」

つまり、凜に一番足りないものを川村さんは持っているらしい。しかし、柔軟性は、自分で身につけていくもので、盗むものではない。

「日々の積み重ねで手に入れたものも、使い方が下手だと宝の持ち腐れになるぞ」

そういうことか。

なかったものを手に入れても、上手に使えなければ意味がない。

そして、効率的なのは、まず良い見本を真似ることだ。

「成瀬先生、たまにはいいこと言いますね」

「俺は、いつもいいことを言ってるはずだが」

小西さんが、こられきれずに破顔する。

「先生、いいことを言ってたとしても、伝わってないんですよ。その、のほほんとした顔とおとぼけな口調じゃあね。そろそろ自覚したほうがいいですよ。カッコよくもないし、すごく伝わりにくいって。母も言ってましたから」

そういえば、小西さんのお母さんは、成瀬先生の最初の教え子だと聞いたことがある。

成瀬先生は、真顔で驚いている。

そして、少し困った顔で凛を見る。

もちろん、凛は大きく頷く。

それを見て、先生は天井を仰ぐ。

凛としては、成瀬先生の落ち込みに構っている暇はない。

「選抜っていっても、ほとんどが山手北高校のメンバーですよね？」

あと、ベスト4の常連校から一人ずつ、多くて二人とか、そんなものだろう。

「お前、端から部外者だから、嫌だって言うのか？」

まあ、選抜に選ばれて、嬉しいという気はさほどない。けれど嫌でもない。

正直、どっちでもいい。

「けど、端野はだいたい、うちでだってよそものみたいなものだろう？　ここだって、他のヤツらも似たり寄ったりだけど、べったりした仲間意識みたいなものはないんだし」

立ち直りが早いのか、もういつもの成瀬先生の口ぶりだ。

凛にしたら、このチームには中学の時よりはずっと、比べものにならないほど近しい者たちがいる、とは思う。

けれど、小学生のミニバスケットボールのチームに比べれば、もっと淡白な距離感があるようにも思う。

緩やかに繋がっていて、時と場合によって、それを互いに引き寄せる。

もちろん、コートの中でだ。

「行ってこい。絶対にマイナスにはならない。というか、しない」

するな、とも言わず、しない、と珍しく成瀬先生が自らを主語にして言ってのけたことで、凜の心は決まった。


合宿が終わって、ほどなく、選抜メンバーとしての練習に合流した。そして、すぐに国体の関東ブロック大会に同行する。

急なメンバー入りだったので、とりあえず、ベンチスタートだ、と言われた。

選抜を率いているのは、山手北高校の監督だ。

想像していたより、メンバーの大半を占めている山手北高校のメンバーはフレンドリーだった。他の高校の選手にも、何かとアドバイスをくれるし逆も求められる。

特に、凜には、始終誰かが話しかけてくる。

対戦してから、ずっと興味があった、と言われることもあった。バスケットボール経験者だと言うと、だから、小、中学時代に選抜で会わなかったんだねと言われた。

選抜に選ばれているメンバーは、ほとんどが小学生からの経験者で、その頃のチームメイトも多いと言う。

だから、気心も知れているし、お互いに長所短所もよく知っているらしい。

ようするに、山手北高校以外のメンバーも、顔見知りではあり、凜だけが、未知の存在だったというわけだ。

初めての対戦で、凜をコートで間近に見た時、その驚きは、言葉にできないものだった、と山手北高校の主将に言われた時は、正直、少し嬉しかった。

こんな選手がいたなんて、女阪宮崎《みやざき》だと思ったよ、と言われたが、それは意味がよくわからなかった。

後で、調べたら、もの凄く有名な日本代表の男子選手で、動画で見た、その跳躍力というのか滞空力は、アニメレベルだった。

そんな中、驚いたことに、二戦目には右バックで先発メンバーとして戦った。

初めてチームに交じったのに、良くも悪くも、ほとんど戸惑うことがなかった。

球が欲しいと思った瞬間にはパスがくるし、ここにいてくれたらと思うところに誰かがいる。

なるほど、質の高さがもたらす、これもある種のチームワークか、これこそがチームワークなのか、とも思った。

だけど、どこか物足りない。

最後のホイッスルを聞き、勝利で試合を終えた時に、気づいた。

おもしろくないのだ。そう、つまらない、というほどではないが、ワクワク感が足りない。

大きな大会の、質の高いレベル同士の戦いなのに、それも勝利でその試合を終えたのに、悦びが少ない。

たとえば、智里のような度肝を抜く走り、鏡の守備における笑えるほどのパワー、あれに匹敵するものが、たまたまなのか、見えないだけなのか、それともこれがふつうのことなのか、県の選抜チームにも、相手のチームにも、見あたらなかった。

みんな、それぞれに技術的には申し分がない。

凜など、技術だけで見れば最下層だ。でも、凜がどんなに努力してもそこに到達できない、と思えるほどではなかった。

けれど、凜がどれほど努力しても、智里のように走ることはできない。そして、どれほど筋力アップしたとしても、鏡のように、相手を凍らせるような守備はできないと思う。

もちろん、智里も鏡も、それぞれに欠点をたくさん抱えているけれど、それを上回るポテンシャルと気概を持ち合わせている、はずだ。

鏡はともかく、智里の気概は未だにわからないが、そう信じたい。

県の選抜チームは、関東ブロックを抜け、全国への出場も決まった。

凜は、チームでの公式戦をこなしながら、そちらでもプレーすることになる。

ここでの経験は、凜に、一足飛びに何段階も上の技術力を教えてくれ、同時に、これならうちのチームも捨てたもんじゃないと、少し気分を上向きにもしてくれた。

何より、選抜での経験がもたらしてくれたのは、やるべきことはあり過ぎるほどあることを自覚させてくれたことだろう。

新しいチームでの新人大会が始まった。

レギュラーには二人の二年と一人の一年が新たに加わった。

キーパーは、もちろん凜。

センターに忍野、左バックは茂木、右バックは古瀬、左サイドは智里、右サイドに銀山、ポストに鏡。

ただし、ベンチ入りした全員に試合への出場の可能性はある。

レギュラー陣の力不足というより、ベンチメンバーの質が高い、というありがたい状況だ。

ここへきて、智里の技術力もかなり上がった。

凜は、自分のおかげだと思っているが、智里が感謝の言葉をかけたのは、忍野だ。

忍野は、仕方なくつきあっている凜とは違って、自分のためにもなるからと、居残り練習によく参加していた。

もともと中学からのハンドボール経験者なので、忍野にはレベルの高い技術力はある。

しかし、凜を執拗に真似することで、別の姿も見せるようになった。フェイクがうまくなり、相手を出し抜く間合いが絶妙になった。

皮肉なことに、凜自身がゴールを守る時にも、何度か忍野のフェイクにやられるようになった。智里によれば、そんな時の忍野は、シュートが決まった後の顔つきまで凜にそっくりらしい。

成瀬先生は、忍野のべっぴん度がまた下がったと残念そうだったが、忍野は、自分のメンタル面での攻撃力が上がったことにとても満足しているようだ。

最初の試合から、あざみ野高校は、全力投球だった。

以前、ちょっとした油断で、行くべき場所に行けなかった後悔は、今も全員の、それを知らない一年生の中にもある。何度も、その話を聞かされているからだ。

それもあって、順調に、ベスト8に勝ち上がった。

ここからが、正念場だ。

次は、対、平崎台高校。

凛が正キーパーになってから、いわゆる強豪と当たるのは、これが初めてだ。

しかし、そのことでより混乱したのは、あざみ野高校ではなく、相手のチームだった。

なまじ以前からの強豪で、対戦相手の特徴をきっちり摑んでからやってくるチームなだけに、凛が正キーパーとして出てきたことに、まず困惑したらしい。

凛は、コートプレーヤーとして、チームでただ一人県の選抜に選ばれ、それなりに活躍していた。

その凛を徹底的にマークすることで、得点源をつぶす、おそらく、平崎台はそう考えていたはずだ。

ところが、その凛がキーパーなら、マークのしようがない。では誰を？　となっても、他のメンバーの情報はほとんどない。試合の中で、臨機応変についていくしかない。そんなところか。

この大会、ずっと凜は正キーパーだったが、どうもそれが、他校にちゃんと認識されていないようだ。

たまたま一年のキーパー候補室井が、大会の直前、足を捻挫したせいで、今日今までベンチからも外れていたことも影響したのかもしれない。

それとも凜が、通常正キーパーがつけている1番ではなく二番手のキーパーの12番でもなく、16番を背番号につけているからなのか。

他チームには、緊急措置として凜がキーパーをやっている、そう判断されていたようだ。

凜が背中に16をつけているのは、誕生日が5月12日なので、12番をつけたいと室井が希望したのと、1番は、あまりに凜っぽいから笑える、と宇多先輩が大笑いしていたと聞いたから、それなら16番でいいやとムキになったからだ。

チームにも凜にも、他チームを混乱させる意図などこれっぽっちもなかった。

そんな、どこかだまし討ちにあったような相手の不穏な視線を感じながら、あざみ野高校のスローオフで試合は始まった。

攻撃では、古瀬と智里がよく機能し、銀山も走りでそれを援助した。

鏡のポストも、守りだけでなく、攻撃面でもいい働きをしている。自らシュートを決めるまでにはいたらないが、茂木や古瀬、智里が、いい体勢でシュートが打てるよう、タイミングよくスペースを空けている。

凜が活躍できたのは、試合終了間際、鏡がうっかり、相手をドンッと蹴散らしてしまったせいで与えた、ペナルティスローを止めた時ぐらいか。

後半は、やや追いつめられる場面もあったが、それも、智里の走りで流れを切り、終わってみれば、25対12、危なげのない勝利だった。

次の準決勝は、椿女学院を破って勝ち上がってきた、山野辺高校だった。

以前のように、油断はまったくなかったが、流れがいったりきたりの、大接戦になった。といっても、点取り合戦ではない。

攻守の入れ替わりは目まぐるしいが、いっこうに点が入らないのだ。

前半が終了し、7対6。

正直、凜のパフォーマンスは、そう悪くなかった。ペナルティも止め、速攻も止め、数えるのも嫌になるほど、シュートを止めた。

だからこそ、6点だけの失点ですんでいる。

一方で、コートのメンバーは、思うようにシュートが打てないことに焦れ、ミスを連発していた。そのミスから、相手に速攻をくらうことも多かった。

けれど、凜の調子がいいことと、智里と銀山がよく走り、自陣に素早く戻って来るので、その相手の速攻もなかなか決まりはしない。

ようするに、どちらも守りはいいが攻撃がうまくないという、そんな試合だった。

ハーフタイム、成瀬先生の第一声はこれだ。

「端野、お前、ガツンと言ってやれ」

なんで、私？　と凜は眉根を寄せる。

それは、成瀬先生の仕事だ。

「今日のこいつら見てると、イラつくだろう」

まあ。正直、少しはイラッとしている。けれど、だからといって、チームに文句があるほどではない。

「お前なら、あの守備のどこを狙う？」

黙っている凜を見て、成瀬先生が訊く。

「3番のところですね」

相手の3番は、いつもは、チームの七割の点をもぎ取る、頼れるエースだ。

「今日はことごとく茂木と鏡にチャンスを潰されてて、キレ気味ですよね。何度もわざとファウルもらいにきてるし。さっきのは、審判も、ちょっと顔をしかめてましたもん。だから守備の時も、不必要に前に出てきてますから。あれ、裏をとれます」

「だそうだけど、他のみんなはどう思う？」

「なんとか、3番を攻略します」

古瀬が、一番に、口を開く。

「でも、うちの左45度《ひだりよんごー》も同じですよね」

忍野が遠慮なく言う。

うちの左45度、いわゆるエースポジションの左バックは、古瀬だ。

「だよなあ。古瀬、お前、今日、キーパーにもボール届いてないし。ほぼ、ディフェンスに止められてるよな」

古瀬のせいばかりではない。

連係が悪い。特に茂木と。まるで、ケンカでもしてるように。

あれ？　そういえば、試合直前、なんかもめてたな、古瀬と茂木。いつもは仲良しこよしなのに。

「むこうも同じこと言ってるんじゃないの？　あっちの左45度がキレ気味だから、あそこを攻めればとか？」

めずらしく、これは、忍野もキレ気味か？

「後半は、ちゃんとやります」

古瀬は、一瞬、茂木を見て、それからそう言った。

「なら、鏡、そういうことだから、アシスト頼むな」

茂木との連係が悪い、忍野もキレ気味、それなら鏡に頼るしかないか。

「それで、村上、お前な。お前が決めんと、うちは勝てないよ。バナナ、二本、食ったんだから、その分、走らないと」

バナナは、一人一本、マネージャーの馬淵が、昼食のおにぎりと一緒に配った。

「うっそぅ、智里なの、私のバナナ、食べたの？」

古瀬が声をあげる。

智里が、視線を逸らす。

「だよな」

だろうな。見てないけど、智里ならやりそうだ。しかもわざと。

「じゃあ」

「だから、私じゃないって言ったじゃない」

茂木がボソッとつぶやく。

まさか、この二人は、バナナ一本で、ケンカしてたのか。

「ごめん。疑って、私が悪かった」

古瀬が謝ると、智里も、すみません、一本、余ってると思って、と言いわけをする。

そして、古瀬さんがあんまり怒ってるから、うまい具合に茂木ちゃんが疑われてるし、言い出せなくて、と続く。

「バナナで乱れる連係って、切ないな」

成瀬先生がため息をつく。

しかし、先生は、知っていて前半の間、黙っていたのだ。タイムを二度とっている。その間に、言おうと思えば言えたはずだ。

ちょっとしたことで、わずかなずれで、攻守ともにリズムが狂うことを実感させたかったのか。そのせいで、凜が怒濤の攻撃を受けていたのにもかかわらず。いや、それさえも、いい経験だと、そういうことか？

まったく。しかし、これで、連係も少しはましになるのかも。

残った問題は、人の分もバナナを食べた智里だ。

そのせいで、身体が重いなんてことはないはず。おそらく、きついマークに参っているのだろう。

智里の足の速さは、もう上位校には周知の事実だ。

だから、守っている段階でマークされている。

つまり、智里は、飛び出す前につぶされているのだ。

「端野がコートにいなくなって、村上、今度は、お前が相手の脅威になっている。それはわかるな？」

智里は頷く。

「わかってるなら、なんとかしろ」

「なんとかって」

智里は、凜を見る。

「ワンパターンだからつかまるの。いつも言ってるよね？　押してばかりでなく引いたり、右からだけでなく左からも抜けるでしょうが」

「でも」

「まあ、後半全部使ってステップ練習されても困るしな。だったら、今回に限り、銀山と村上はチェンジしようか」

それはいいかもしれない。

智里はともかく、銀山は中学時代のポジションだ。すんなり馴染むはずだ。

そして、智里が馴染まないことで、相手のリズムを崩すことができるかもしれない。

智里は、スタートで潰されなければそれでいい。

そこから先は、誰も智里に追いつけはしない。

「じゃあ、そういうことで」

ハーフタイムの間、アップしていた、次にこのコートで戦う男子チームが、整列し大きな声で挨拶をし頭を下げてコートを出ていく。

まさか、脇で小さな円陣を組んでいる凜たちが、ほぼ、他人のバナナを勝手に食べた智里の話でハーフタイムを終えたとは思っていないだろう。

まったくばかばかしい。

けれど、なんか、もの凄くうちらしい。

凜は、一人笑った。声は出さなかったけれど、その笑みを隠すこともなかった。

さあ、後半が始まる。

成瀬先生は、智里の背中をそっと押し、コートに送り出した。

後半は、かなり、攻撃がスムーズに機能するようになった。

エースらしく、古瀬のシュートが決まり出し、それとポジションチェンジのおかげで、智里のマークが緩み、智里のサイドシュートも決まり出した。

後は、気持ちのいい速攻さえ決まれば、グッと引き離せるのに。特にメンタル的に。

凜は、そのチャンスを、ずっとうかがっていた。

そして、ようやくその機会がきた。

矢部先輩のおかげで、凜の守備範囲は思いの外、広がった。少し厳しい球だったが、相手のシュートをほぼ正面で止めたので弾き飛ばすこともなく、つぎのモーションに入ると同時に、視線を前線に送る。

智里は、うまくマークを外し飛び出せたようで、もうセンターラインを越えている。ピンポイントで、少しだけ加減した球を送る。バナナの件がばれて、見かけよりずっと落込んでいる今日の智里のコンディションを考えて。

このさじ加減を教えてくれたのは、水野先輩だ。正確には、水野先輩が譲ってくれたノートだ。

そこには、水野先輩がゴールから見続けたチームメイトの性格やプレーの特徴などが書いてあって、どんなタイミングでどんなパスを送れば、いいシュートに結びついたのか、水野先輩なりの考察も交えて書いてあった。

もう今は、このチームにいないメンバーの方が多い。

でもそれでも、あの先輩をこういうふうに見ていたんだ、そして、その人にはこんなふうに指示やパスを出し、時にフォローしていたのかと感嘆し、他人と良好な関係を築くことに興味がない自分を反省しつつ参考にもした。

水野先輩のノートに、『甘やかしてはいけない。でも厳しすぎてもいけない。彼女には、毅然とした態度に少しの思いやりが必要』と書かれていた智里。

『コンディションが悪いと、しきりに胃の辺りを擦る。足が痛くても、指が痛くてもそうする理由はわからないが、これを見たら、要注意』とも書いてあった。

そういえば、ハーフタイム以前にも、智里は胃の辺りを何度も擦っていた。

人のバナナまで食べるからだろう、と言ってやりたかったが、堪えた。

水野先輩の、思いやり、要注意、などの文字が頭をよぎったからだ。

ほんの少しの思いやりをのせた球を、智里は走りながらキャッチし、そのまま勢いを殺さずシュートした。

あいかわらず、一、二、三、ハイ、というわかりやすいリズムでシュートをしたわけだが、それでも、勢いがあったことと、狙ったコースが良かったおかげで、球はワンバウンドでキーパーの振り出した足の下を通り、きれいにゴールに吸い込まれていった。

ようやく、今日、ずっと凜の背中にこびりついていた見えない澱が、削ぎ取られたような、そんな気分になる。

速攻は決まったが、だからといって、相手がそのままぐずぐず崩れてくれることもなく、メンタルに弾みはついたが、何度か相手のペースにもなる。そこまで圧倒的な実力差があるわけじゃない。

最小限でそれを凌ぎ、流れがこちらに戻った時には、確実に点を取りに行く、その積み重ねで少しずつ点差がついていった。

終わってみれば、18対14、4点差での勝利となった。


決勝は、やはり山手北高校が相手になった。

県の選抜では、同じコートプレーヤーとして戦った人たちがそのレギュラーをほぼ占めている。しかし、山手北高校に、凜が正キーパーであることへのとまどいは見られない。おそらく、平崎台高校とは違い、この大会での凜のキーパーとしてのプレーは、もう頭に入っているのだろう。

凜の肩を警戒はすれど、それ以外の攻撃力をどう見ているのか。

それは戦いながら、感じるしかない。

誰に、どんなマークをつけるのか。

どこからの攻撃を優先するのか。

この試合は貴重な経験になる。

この先の、チームの向かうべき方向、あるべき姿を、ベンチも観覧席も含めて共有するために。

前半を終えて、9対10。

試合前の意気込みに比べ、試合そのものは、淡々としている。

県の王者相手に健闘しているとも言えるが、なんというのか、すっきりしない。

お互いに、良くも悪くもない。

平坦なリズムで、交互に攻撃が繰り返されている、そんな感じだ。

山手北高校は、もともと、伝統として守備には定評のあるチームだ。

仲直りした、古瀬、茂木の仲良しコンビは、その堅い守りをなんとか崩そうと、手に入れたわずかなスペースからシュートを打つが、ゴールエリアに入る前にディフェンスに阻止される。

前回の試合の前半と似ているが、全く違うこともある。

こちらのコンディションが、体調もメンタルもとてもいいのに、うまく回らないということだ。

このリズムの悪さというか、単調さは、どこに原因があるのか。

「なんだか、つまんないよな」

インターバルで成瀬先生が言った言葉が、凜の実感でもある。

「面白いもの、見せてくれよ。おじさんだって、ワクワクしたいさ」

「それって、当然、勝つってこと前提ですよね？」

智里が、おそるおそる聞く。

「当たりまえだろう。負けたら、ワクワク感は帳消しになるだろうが」

「でも、そんなの無理です。1点差だって、運がいいだけだし」

運？　そうじゃない。

キーパーが私だから、と凜は思う。

「馬淵、端野が止めたシュートは向こうのミスも含めて、えっと何点だ？」

マネージャーの馬淵がスコア表を見て、13本です、と答える。

「こっちが止められてるのは？」

「6本です」

「な、1点差じゃないんだよ。8点負けてるんだ。端野の個人技がなきゃ」

「1点差は1点差じゃないですか。凜もチームの一員なんだから、そういうのって関係ないんじゃゃ？」

古瀬が言う。

「端野は、自分の仕事を、できる限りで、それ以上を模索しながらこの場に臨んでいるってことだ。お前らはどうなの？　古瀬？　忍野は？」

「足りないことはわかっています。力不足ですみません」

忍野がくちびるを噛む。

「忍野、そうじゃない。俺に謝ってどうする。必要なのは、何ができるかっていうこと。今、これからすぐに、あの山手北高校を相手に」

「急には無理です。今だって、これまでの精一杯で」

成瀬先生は、口角を上げ、凜を見る。

お前の出番だと。

「先生が言えばいいじゃないですか」

「いや、俺はさ、こいつらに嫌われたくないし。端野は、もうそういうの超越してるからさ」

やれやれ、と目を細め、仕方なく口を開く。

「今だからできることがあるよね。たとえば忍野は、ハーフタイムは一〇分だ。山手北高校相手だからって、ビビりに戻ってんなってこと。もっと突っ込んでいきなよ。そうしたら、見えるものがあるはず」

何が？　と忍野はもう聞かない。なんであれ、自分で確かめるしかないと思っているはず。

「古瀬、ツーステップで打ってみなよ。きっちり三歩でばかり打つから、向こうのディフェンスやキーパーにタイミング読まれてるんだよ」

古瀬は凜と同じ、バスケットボール経験者だ。急にゼロやワンステップで打つのは無理かもしれないが、ツーステップならすぐに合わせられるはずだ。

同じことを智里には求められないが、古瀬には望んでもいいはずだ。

古瀬は自信なさげだ。でも、とりあえず、頷いた。

「でさ、智里は、フェイント、ワンパターンすぎ。前回も言ったよね、ディフェンスでもオフェンスでも同じなんだよ？　攻撃の時、一歩目を必ず前に出すから、あんただけが動いていて向こうは動いてないの。横に出すんだよ、一歩目を」

「それ、今、注意する？」

智里が口をとがらせる。

今だから言うのだ。

「だって、そこをなおせば、あと3点は入ってたよ」

「えっ、そうなの？」

「俺もそう思う。村上は、本当にうまくなってるよ。後は、相手が、山手北高校だからこそ胸を借りるつもりで、できることを考えてやってみろ。まあ、フェイントもそうだし、ノールックのパスなんかもな」

凜の言葉には口をとがらせても、成瀬先生におだてられれば、智里は、ホイホイ木に登る。

「じゃあ、まあ、頼んだぞ。楽しみに見てるからな」

おそらく、見ている人たちは楽しめたはずだ。

後半は、タイトルをつけるとしたら、『ラン&ラン』。

前半とうってかわって、攻守が目まぐるしく入れ替わり、点数もどんどん積み重なっていく、そんなゲーム展開だった。

守りのイメージが強い山手北高校だが、もちろん、守りだけで県のトップに君臨できるはずがない。攻守のバランスがとれていて、相手によって臨機応変に攻撃のスタイルを変えてくる。

こちらが、攻撃のテンポをあげ、より速さを重視するようになったことで、相手も、多彩な攻撃を、より速いリズムでくりだしてきた。

凜もいっそう、気合を入れて止めたけれど、止めきれないシュートも増えていった。

そして最後二分を残し、28対29。

連続失点は、こちらのパスミスからの相手の速攻だ。

思いっきり前に出て立ちふさがったが、出過ぎたのか、ループシュートを決められた。

それでも1点差でしばらく行ったり来たりしたが、こちらとしては不本意なファウルでペナルティをとられ、それを決められ2点差。

読みがあたり、右手の指先に球が当たっただけに、凜にも悔いの残る失点だった。

成瀬先生がタイムをとる。

「あのさ、それほど面白くないし、しかも負けてるんだけど」

「嘘でしょう？　結構、スピード感出てますよ？」

智里は、どうしたって智里だ。

「それにあのフェイント、見てました？」

「どれだ？」

「決まんなかったけど、右側から振り切ったあれです」

「今度は決めてくれ。村上だけじゃなく、古瀬も銀山も、鏡もな」

はい、と声が揃う。

「で、端野、なんであんなにポンポン入れられてるわけだ？」

それは、攻撃重視で走り過ぎた味方の足が止まってきて、戻りが遅くなって、守りが緩々だから。

フリーの球を、そうは止められない。

「攻撃に神経がいきすぎていて、守りがおろそかだからでしょうか？」

「つまり、お前ではなく他のメンバーのせいだと？」

「違うと思います」

忍野が、凜を押しのけるように、そう言う。

「どう違う？」

「凜が、攻撃の間をつめすぎるから。とにかく前へ前へ、それだけじゃ、どうしたってミスが出ます」

そう言われてみれば。

「思いやりも必要です」

なるほど。一番の弊害は、凜のせいか。

そして、へっぽこの智里だけでなく、体力の落ちてきた他のメンバーにも、思いやり、それが必要なのか。

凜は、忍野に理解した、と頷く。

責任を押し付けたいわけじゃない。

それが、点に結びつくのなら、どんな要求でも受け入れる。

タイム明け、向こうのフリースローからの攻撃をしのぎ、速攻を狙う。一番前にいるのは智里だ。しかし位置取りとしては銀山がいい。

わずかばかりの思いやりと、渾身の気迫をこめて、銀山に球を送る。

智里に出ると思っていたのか、銀山は少し慌てたが、思いやりのおかげで、パスは銀山にとおった。山手北高校の戻りは速い。やはり、次の動作がまだまだ遅い銀山が、そのせいで捕まりそうになる。

自分にパスがこなかったことで奮起したのか、智里が、そこへ飛び込んでくる。銀山は迷わずパスを出す。智里は、キーパーに向かって飛び込むようにシュートを放った。

そこで決められないのが、智里らしいというのか。

球は、相手のキーパーに弾かれる。

しかし、さらに走りこんできていた茂木が、その球をつかみ、右隅にシュートを決めた。

その日一番の、いい攻撃だった。

しかし、その直後、鏡が退場をくらう。

相手のファウルの受け方がうまいというのか、鏡が下手だというのか、パワーがありすぎるからなのか。

凜は、そのペナルティスローを、駆け引きに勝利した上で、右足一本で止めた。

会場から歓声と拍手が湧く。

しかし、凜としては、やったね、というよりなんとかしのいだ、そんな感じだ。

退場は二分だ。

残り時間は一分一〇秒。最後まで、もう鏡はコートには戻ることができない。こちらは一人少ない状態で戦うことになった。

相手の攻撃は、さらにフリー度があがり、右バックから悠々とシュートを決められる。

点差はまた2点になる。

あと五十秒。逆転への3点が不可能な時間じゃない。

スローオフに、凜も参加する。

当然、ゴールは空だ。

相手にボールが渡った瞬間に失点の危機だ。

それを狙って、向こうのディフェンスが少し前に出てくる。

凜は、スローオフの位置についた忍野から、走りながら球を受け取り、パスカットを狙って飛び出してきた一人をかわし、それでも、通常では考えられないほど遠くから、ツーステップで、できるだけ高く跳んだ。

そして、キーパーの立ち位置の少し手前にワンバウンドをして、左脇からすり抜けていくイメージでロングシュートを放つ。

はずれても、角度的に、クロスバーからの跳ね返りが期待できるはずだ。

次にそなえ、球の行方は見ずにゴールに戻る。

味方は、全員が、相手ゴールの前へそれぞれに駆け込んでいる。

球は、どうやら狙いどおり左のゴールポストギリギリに吸い込まれていったらしい。

会場から、再び、ペナルティを止めた時よりさらに大きいどよめきと拍手が起こったことで、凜はそれを知る。凜のテンションもあがる。

流れはこちらにきた。

次の攻撃をしのぐことに全力をあげた。

あと三〇秒、1点差で勝っている向こうは、少し攻撃に時間をかける。当然だ。

味方はパスカットを誰もが狙っているが、相手は山手北高校、やはりうまい。飛びつく隙がない。

けれど幸運にも、こちらの気迫につられるように、相手のファウルで、球がこちらに返ってきた。

残りは一〇秒。

凜は、前線にすばやく球を送る。智里が自陣で潰されていたので、銀山に。

味方の手には渡ったが、山手北の戻りは速い。

短い時間の中で、一度は潰され、二度目にはオーバーステップのファウルをとられ、結局そのままゲームセット。

1点差は埋まらなかった。

体育館の入り口付近で集まって、成瀬先生を囲む。

先生は、大きく一つ、ため息をつく。

「問題は、ただの一度も、こちらが勝てる、というイメージが湧かなかったことだな」

すみません、と鏡が項垂れる。

最後までコートにいられなかった、という悔いが表情だけでなく身体全体に滲んでいる。

「いや鏡、お前は、よかったと思うよ。退場はくらったけど、それだけあたり負けしないで守っていたということだしな」

成瀬先生にそう言われても、鏡の顔は曇ったままだ。

「端野も、ちょっと楽しませてくれたしな」

めずらしい。こんなふうに持ち上げてくれたのは初めてだ。

このままで終わるはずがない。後で、どんなふうに落とされるのか。

「ただなあ、勝てた試合を落としたのは、やっぱり、端野、お前の頑張りが足りんかったからかなあ」

もうかよ、と凜は心の中でため息をつく。

最後の攻撃に参加しなかったことが、最悪の判断ミスだと言われる。

成瀬先生は、逆転も可能だったと言う。

「最後の最後に、なんであきらめた？」

「あきらめたわけじゃありません」

「なら、行けよ。パスを出した後、すぐにゴールを出るべきだった。あの時間帯、ゴールに戻るなんて考える必要あったか？」

なかったのか？

「お前なあ、うちは、一人少なかったんだぞ」

あっ、と思う。

その前のロングシュートで1点をつめたことでテンションが上がり、鏡がいない、一人少ない攻撃だということを、あの瞬間、凜は忘れていた。

残り時間を考えれば、よけいに、凜は攻撃に参加するべきだった。一つ駒が少ないのだから。

「私の判断ミスでした」

ミスではすまないミスだ。

自分で自分が信じられないと、凜はこめかみを押さえる。

「まあ、お前でも、テンションが上がってわけがわからんようになる、そんなこともあるとわかっただけでもよかったけどな」

ただなあ、と成瀬先生は続ける。

「ベンチも見ろよ。俺、出ろって指示出したぞ」

それには、全員が怪訝な顔をする。

「全員で、あの場面で俺を無視って、どういうことだ？」

全員で、成瀬先生に頭を下げ、堪えきれず爆笑した。

凜のスーパープレーでの奇跡的な1点は、チーム全体のテンションをあげ、全員の感覚を少しおかしくしていたのかもしれない。

そして、本来なら、絶対に見るべきタイミングで、全員でベンチを、成瀬先生を無視したのだ。誰か一人でも見ていたら、凜にそれを伝えることができた。

バカすぎて、笑うしかない。

そんな中、鏡だけがしょげていた。

「私が退場くらわなかったら、やっぱり、勝ってたかもっていうことですよね」

全員で頭を振った。

チーム全員の責任で、個人的に鏡に問題はない。

それより。

「だって、先生、それなら声出して下さいよ。出ろ〜って叫べばいいでしょう」

「そうですよ。一人足りないんだぞ〜、でもいいし」

「俺のせいか？」

「ですね」

智里がしれっと言う。

「じゃあ、両成敗ってことで」

銀山の、上目遣いの言葉に、成瀬先生は、肩をすくめる。

「とにかく、二度と同じ轍を踏まないよう、チーム全体で精進します。これからも、ご指導、よろしくお願いします」

忍野がきれいにまとめて、少し儚げに微笑んでから頭を下げた。

他のメンバーも、忍野に倣う。

最近、忍野は本当に主将らしくなった。特に成瀬先生を丸め込むのがうまくなった。

先生は、チーム一の美女アスリート、忍野の願いを冷たく断ることはできないらしく、うん、わかってくれたらいいんだ、そうだな、また、明日から頑張ろう、としどろもどろに、反省会を終えてくれた。


そして、三か月後、再び、あざみ野高校は、県の一位を決める戦いで、山手北高校と向き合った。

昨年は、三位で、県の代表として出場がかなわなかった関東選抜大会への、県予選での、事実上の決勝戦だ。

この大会は、ベスト4のチームで総当たり戦を行い、勝率で、それが同じなら得失点で順位が決まるので、正確には決勝戦ではないが、ここまで二チームとも二勝しているので、勝ったほうが一位になる。

　引き分けでも負けても二位以上だ。二位までが関東選抜大会に出場できるので、すでに出場権は得ている。

　一位と二位とでは、関東選抜での対戦相手に、有利不利がある。関東選抜での成績次第で、全国選抜への出場権も決まる。だから、二位よりは一位の方が、断然、全国への切符を得る道は近くなる。

　しかし、そんなことはどうでもいい。

　あざみ野高校女子送球部は、とにかく、今、ここで山手北高校に勝ちたいのだ。たまたま二勝同士での激突になったが、その順位はどうあれ、とにかく勝ちたい。それだけが、このチームの今の真実だ。


　12対13で前半を終え、最後には、25対25。


　六〇分を戦い抜き、結果は、同点だった。この大会では、延長戦はない。勝率が二勝一分けで同じだったので。得失点で、順位は決まる。

　得失点で、一位は山手北、あざみ野高校は二位となった。

　試合は、あざみ野高校の気概とはうらはらに、一度も追い抜くことができず、常に追いすがる展開になった。

最後の三〇秒でなんとか追いついたとはいえ、もう1点を入れるチャンスをふいにしたこともあり、気分的には完敗だった。

ありがとうございました。


それでも、凜は一番右端に並び、チームメイトと一緒に大きな声を出し、頭を下げた。

勝てなかった悔しさはある。もちろんだ。

けれど、感謝もある。

最後の三〇秒で追いつけたのは、その後にもチャンスがあったのは、相手の強さがあったからこそだ。

逃げに出ず、試合終了のホイッスルが鳴るまで、山手北高校は、攻め続けてくれた。それがあってこその、この結果だった。

智里は泣いていた。

けれど、自分が泣いていることに気づいていないのかもしれない。

なぜなら、その口元には笑みがあるから。

凜は泣いたりはしない。

泣くのなら、せめて、このチームで、一位で神奈川の代表になった時だ。

体育館の廊下で、ハーフタイムと同じようにチームが集合する。

しかし、ハーフタイムの時とは違い、成瀬先生は柔和な顔だ。

皆をぐるっと見回して、最初のひと言がこれだ。

「あかんかったなあ」

視線は、少し行き過ぎてから戻ってきて、凜で止まる。

「端野、特にお前」

まあ、たいてい負けた時の戦犯は凜だ。同点でも、勝てなかったのなら、負けたのと同じこと。

凜は、素直に頷く。

「右の人差し指、いかれてるやろ？　骨までいってなかったらいいけどな」

全員の視線が、凜の指に集まる。

テーピングがしっかりしてあるので、見ただけでは指がどういう状況なのかはわからない、はず。

「たぶん、骨は大丈夫だと」

骨にひびでも入っていたら、これくらいの痛みではすまないはずだ。

そうであることを祈りながら、自分に言い聞かせる。

「あっちの24点目か」

凛は頷く。

「なんで、申告しなかった？」

「総合的に判断して」

成瀬先生が苦笑いを浮かべる。

「お前なあ、総合的に判断するのは俺の仕事だろうが」

ごもっとも。

「あんまりふつうの顔してるから、俺の気のせいかと思ったやろ。最後のあの一投まで、気づかんかったわ」

あの一投が届けば。

三歩戻らずにすめば、智里はつかまらず、勝ち越せたかもしれない。

「すみません」

凛は、素直に頭を下げる。

「端野凛」

成瀬先生が、一つため息をついた後、凛の名を大きな声で呼んだ。

しかし、それは決して怒声ではなかった。全身を包み込むような、太く深い、親愛の響きのある声。

はい、と凛は頭を上げ、背筋を伸ばす。

他のメンバーも同じように、姿勢を正す。

これからの言葉は、凜個人へのものであり、しかし、それだけではないと、もう全員がわかっているから。

凜は、誰より覚悟する。

自らの判断ミスは間違いない。そのせいで勝利を逃したかもしれない。

どんな言葉も受け入れよう。そして、一つ残さず糧にして、明日の自分の成長につなげたい。

「お前の指はお前だけのもんやない。二度と、もう二度と粗末に扱わないと、ここで誓え」

え？

思いがけない言葉に、凜は、ただ戸惑う。

「もし、残り時間三分でお前にその指の故障を聞いたとしても、俺も同じ判断しかできなかったと思う。お前以外に、あの状況でうちのゴールを守れる者はおらん。けどな、それでも、俺はお前を交代させた。なんでだと思う？」

「勝ち負け以上に、選手の身体を考慮するのが、指導者の務めだから？」

先生は、うっすらと笑う。

「まあそれもなくはない。けどな、それだけでもない。俺は、お前を、宝だと思ってるからだ」

どういうことだ？

「お前は、近い将来、日本のチームを導いていく存在だから」

日本のチームを導く？

「お前は、選手としてキーパーとして、これからもどんどんうまくなるだろう。もしかしたら、日本代表に選ばれるような選手になる可能性もある。けどな、俺がお前に期待してるのは、それじゃない」

どういうことだ？

「俺は、お前の指導者としての資質に、より期待してる。卓越した観察力、分析力、判断力」

それなら、別に、たとえば今日のこれで指に支障をきたしたとしても、選手としての道が閉ざされていたとしても、指導者になれない理由にはならない。

なりたいかどうかは別にして。

「それもこれも、選手としてトップレベルでの経験があれば、その経験が多いほど、いっそう強い力になる」

「でも、強い選手がよい指導者になれるっていうことはないですよね？」

よく言われることだ。

優れた選手であることと、良き指導者としての器は相容れないことも多い。

「まあな。けれど、指導者としての資質のある人間が、強いチームで優れた選手として過ごした経験は、間違いなく宝になる。お前は、そういう稀有な存在になれる」

成瀬先生の想いはわかった。

凛には戸惑いしかないが。

「だから誓え、今ここで。自分を粗末にせんことを」

選手として、さらには将来の指導者として、日本の宝になると言われても、正直、ピンとはこない。でも、このチームにとっての自分は、おそらくそういう存在だ、少なくともそうあるべきだという自覚はあった。

「誓います。自分を大切にすることを」

だからそう言った。

それを確かめて、よし、と成瀬先生は頷く。そして、視線を次に向ける。

「村上、お前もなあ、あかんかったぞ」

「すみません」

智里もすぐに頭を下げる。智里は、なんでもかんでも、悪いと思ってなくても謝るから、本心はわからない。

「何が、すまんかった？」

成瀬先生もそれはよくわかっている。だから、わざとらしく右目を眇める。ちゃんとわかっているのか、と問うように。

「後半の一本目、あれを外したのが、……」

智里は、自信なさげに答える。

「そやな。あれ、入れておいたら、このゲーム、うちのもんやったかもしれん。……けどな、残念、それじゃない」

凜は、心の中で首を捻る。

最後の1点が取りきれなかったのは、凜のせいだ。

他に、智里に大きなミスはなかった。

むしろ、よくぞあの体勢から、というゴールを何本も決めていた。

正直、美術部出身の智里が、一年半で、よくここまで進歩した、と感心する。

「お前は、端野を信じきれなかった。だから、無駄な動きでつかまった。それで、お前も足をやられた」

あの最後の一投の時？

智里はわかっていた？　凜の指の故障を。

あれで、加減して走っていたのか。本当ならもっと速く走れた？

ということは、凜が万全の球さえ送れば、フリーでゴールを狙えたのか。

「私の足は大丈夫です。ちょっとひねったかな、って思いましたが、今は痛みもありませんから」

「お前も誓え」

「な、何をですか？」

「信じると。チームメイトを」

信じようと信じまいと、結果は変わらない。

あの凜の一投は失敗だった。

むしろ、智里が凜の指の故障を考慮したからこそ、あの程度の誤差ですんだ。

「信じてましたよ、私。凜のことも、バックアップをしてくれるチームメイトのことも」

だとすれば、智里は、信頼を裏切られたということなのか。

あの程度の痛みでコントロールを失った凜と、カウンターの速攻を防ぎきれなかったチームに。

成瀬先生は頭を振る。

まったくどうしようもない、というように。

だからお前らは、まだまだなんだ、と嗤うように。

「あの時の正解は、まっすぐ、後ろも振り返らずにベストポジションに突き進むことだった。お前の一瞬の躊躇が、端野のコントロールに影響したんだ」

智里が、ハッとした顔をした。

凜も驚く。

「お前の本能は、端野を信じきれんかったんだろうな」

どっちなんだろう。

自分でもわからない。

痛みのせいで、思う場所に投げられなかったのか、智里の走りを見て、無意識に加減をしてしまったのか。

「わかりました。誓います。端野さんだけじゃなく、チームのすべてを信じます」

智里は後者だと、納得したのか。それとも、適当に妥協したのか。智里だから、わからない。でも、成瀬先生は、満足そうに頷いた。

「で、だ。全員に誓ってもらいたい。この成瀬を尊敬し信頼し、これからも勝利のために邁進すると」

チームの一人一人の顔を見たあと、成瀬先生はそう言った。

しかし、全員が小刻みに頭を振っている。

笑みの一つもこぼさずに。

「なんでやねん。一人も、誓わんのかいな」

しかも笑いもなしか、と成瀬先生は項垂れる。

笑いをとるつもりだったのなら、まったく効果がなかったわけだ。

なぜならチームの全員が、いうまでもなく、成瀬先生のことを尊敬しているし、信頼しているから。

この人の下で精一杯を尽くし、自分のここでの最後の試合まで走り続ける。

きっと、全員がそう思っているはず。

でも、だからこそ、声に出して誓ったりしない。

成瀬先生にも、まだまだ進化して欲しいから。

親は、子を育てることで親として成長するものだ。

子もまた親を育てていることを、子だって自覚している。

「明日は休養日です。ただ、いつもどおり、簡単なストレッチとランニングは各自でお願いします。私は凜と念のためチリも連れて病院に行きます。診断結果は後程、グループラインでお知らせします。じゃあ、これで解散、でいいですよね？」

マネージャーの馬淵が、あっという間にこの場を収束させ、成瀬先生はしぶしぶ頷いた。

グループラインって、俺、入ってないんだけど、とブツブツそれ以外の文句も呟きながら。

先生が先にその場を外れると、凜の肩を労わるようにそっと撫で、お疲れさま、とチームメイトのそれぞれが口にしてくれる。

主将の忍野は、最後にこう言った。

まだチャンスはある。次は絶対、あっちに泣いてもらおう。そのくせ自分が泣き出した。

つられるように、数名が涙を流す。

それを呆れたように見ている者もいれば、笑っている者、慰めている者もいる。

けれど、誰一人、冷ややかな目で背中を向ける者はいない。かつての凜のように。

いいチームだ。

仲良しこよしではないが、冷めた関係でもない。

コートの中では、それぞれに、自分の役割を知っている。そして、できることを自分で考え、さらに進化しようと努力し続けている。

とりあえず、関東選抜で、全国への切符をとろう。その経験を糧に、半年先にある、たった一校が手にできる、インターハイでの全国への切符を目指す。凜たちの学年にとっては、最後の公式戦になる。

今度は、同点なんてない。一度でも負けたら、敗者復活戦もない。

ただ、勝ち続けるだけ。山手北高校にも。

できるのかどうか、それは未知数だ。

可能戦がゼロではない、ただそれだけ。

その戦いで敗れた時点で、凜のこのチームでの居場所はなくなる。

怖い、とこのチームに入って初めて思った。

失うことが。

好きになってしまったのだ、送球が、送球部が、このチームが、としみじみ思う。

「ねえ、良かったよね」

智里が凜の背中におでこをつけて言う。

「かもね」

何が、とは聞かずそう答える。

「でも、ちょっと怖いね」

「そう？」

同じ感触を今、凜自身も持っていることはおくびにも出さず、強がっておく。

「関東に、親を呼ぼうと思うの。ちょっとは強くなった自分を見てほしいから」

智里の家族は、いつだって、こっそり智里の試合を観ている。

智里が知らないだけで、チームの他のメンバーは気づいている。そして、智里が気づかないよう、協力している。

「強くなったかねえ？」

「意地悪。なったよ。少なくとも、チームの中では、ありのままでいることはできるようになった」

智里は、あいかわらず不思議ちゃん言動は多いが、意味不明な行為は少なくなった。

つまり、ちょっと変わっていることを隠すために、ひどく変なことをする、といったようなことがなくなった。たとえば、わざと誰かのバナナを食べたり、とか。

「私も、来てもらえるよう、話してみるかな」

いまでも、父は、凜の部活を苦々しく思っていて、それを隠さない。

けれど、その父にも母にも、こっそり応援してくれている祖母や、どうでもいいと思っている妹にも、試合会場に来て、今の自分の姿を見てもらいたいと思う。

舞台が関東なら、くじ運次第で、早々に大敗するだけのみじめな姿になるかもしれない。

それでもいい。

もし、今の凜の姿を、このチームの一員として見てもらえたら、凜が、ゴールエリアで何を守っているのか、守ることでどこへ跳ぼうとしているのか、勝敗に関係なく、きっと伝わるはずだ。父も母も、妹も、競技は違えど、チームで戦うことを凜以上に知っている人たちだから。

今のこのチームでなら、きっと、今のありのままの凜の想いを伝えられる。

「帰るよ。智里、凜、早くおいで」

あれは茂木の声か。

「帰りに、ドーナッツ食べよう。クレープもいいかも」

古瀬の声もする。

凜は、智里に背中から離れるように言って、それから、自分の紺のジャージの上着を羽織る。

背中には、「あざみ野高校女子送球部」と、くっきりとしたピンクでチームの名が抜いてある。

智里も、同じ上着を羽織る。

今の凜にとって、これがすべてだ。

そして誇りだ。

本書は書き下ろしです。

本書の執筆にあたり、神奈川県立荏田高等学校ハンドボール部の皆さんに大変お世話になりました。この場を借りて感謝申し上げます。

あざみ野《の》高校《こうこう》女子《じょし》送球部《そうきゅうぶ》！

小瀬木《こせき》麻美《あさみ》

2017年5月5日初版発行

発行者……長谷川 均
発行所……株式会社ポプラ社
〒160-8565 東京都新宿区大京町22-1
電話……03-3357-2212（営業）
03-3357-2305（編集）
振替……00140-3-149271
フォーマットデザイン 荻窪裕司（bee's knees）
組版・校閲 株式会社鷗来堂
印刷・製本 図書印刷株式会社

乱丁・落丁本は送料小社負担でお取り替えいたします。

小社製作部宛にご連絡ください。

製作部電話番号 0120-666-553
受付時間は、月～金曜日、9時～17時です（祝祭日は除く）。

本書のコピー、スキャン、デジタル化等の無断複製は著作権法上での例外を除き禁じられています。本書を代行業者等の第三者に依頼してスキャンやデジタル化することは、たとえ個人や家庭内での利用であっても著作権法上認められておりません。

ポプラ文庫ピュアフル

ホームページ www.poplar.co.jp/ippan/bunko
©Asami Koseki 2017 Printed in Japan
N.D.C.913/287p/15cm
ISBN978-4-591-15459-5